Une parenthèse enchantée

JULIA JAMES

Une parenthèse enchantée

Azur

HARLEQUIN

Collection : Azur

Cet ouvrage a été publié en langue anglaise
sous le titre :
CAPTIVATED BY THE GREEK

Traduction française de
JEAN-BAPTISTE ANDRE

HARLEQUIN
83-85, boulevard Vincent-Auriol, 75646 PARIS CEDEX 13
Service Lectrices — Tél. : 01 45 82 47 47

www.harlequin.fr

ISBN 978-2-2803-4446-3 — ISSN 0993-4448

1.

Nikos Parakis jeta un coup d'œil à sa montre et fronça les sourcils. Sa vidéoconférence avec la Russie s'était éternisée, et il avait quitté son appartement de Holland Park en retard. A ce rythme, il allait devoir sauter le déjeuner s'il voulait arriver à l'heure à son rendez-vous dans la City. Il commençait à regretter d'avoir décidé de traverser le parc à pied — même s'il avait demandé à son chauffeur de l'attendre de l'autre côté... Mais, par cette belle journée d'été, il n'avait pu résister à l'envie de se dégourdir les jambes.

La faim le tenaillait déjà alors qu'il arrivait près de sa voiture, garée à l'endroit convenu. Son corps avait besoin d'énergie. Malgré son retard, il savait par expérience que l'en priver s'avérerait contre-productif. Sur un coup de tête, il traversa la route et se dirigea vers une enseigne de restauration rapide. Il avait beau être l'héritier de l'immense fortune des Parakis, il n'était pas difficile — un sandwich était un sandwich.

Il faillit changer d'avis au moment où il entra dans la gargote. Londres ne manquait pas de franchises qui rivalisaient d'ingéniosité en matière de sandwichs, mais cet endroit semblait figé dans le passé. Ici, point d'emballages luxueux ou de recettes aux noms exotiques, plus appétissantes les unes que les autres. Les sandwichs étaient encore assemblés à la main à partir d'ingrédients basiques stockés dans des vasques en plastique. Nikos trépigna. Il aurait préféré prendre quelque chose au vol, payer et partir sans perdre de temps.

Mais puisqu'il était là…

— Vous n'avez rien de tout prêt ? demanda-t-il à l'unique vendeuse qui s'affairait, dos tourné, derrière le comptoir.

La jeune femme l'ignora et continua de beurrer un morceau de pain sur un plan de travail en inox. Nikos ne voulait pas se montrer brusque ou impoli mais il avait faim, et il était en retard.

— Elle prépare mon sandwich, mon gars.

Surpris, Nikos se tourna vers l'homme qui venait de parler, et qu'il n'avait pas remarqué. Assis à une table dans un renfoncement, mal rasé et habillé de vêtements tachés, il ressemblait fort à un clochard.

— Va falloir attendre vot' tour, renchérit-il.

Nikos pinça les lèvres et reporta son attention sur la vendeuse, qui daigna enfin répondre :

— Je suis à vous dans un instant.

Elle glissa une tranche de jambon entre deux tranches de pain, enveloppa le tout dans une serviette en papier et tendit le sandwich au clochard avec un gobelet en carton qui contenait du thé.

— Et voilà, Joe.

— Merci, ma jolie.

Le dénommé Joe se leva péniblement. Nikos plissa le nez — l'homme n'avait apparemment pas pris de bain depuis un certain temps, et il empestait l'alcool. Il referma ses doigts sales sur son sandwich et prit le thé d'une main tremblante avant de décocher un regard curieux à Nikos.

— Z'auriez pas un peu de monnaie ?

— Non, répondit Nikos avant de reporter son attention sur la serveuse.

Avec un haussement d'épaules fataliste, l'homme se dirigea vers la sortie.

— Tout doux sur la boisson, Joe, lança la serveuse comme il franchissait la porte. L'alcool te tue à petit feu.

— Je vais arrêter, ma jolie. Bientôt…

Puis il disparut avec son sandwich — un déjeuner aux frais de la princesse, supposa Nikos, car il n'avait pas vu le moindre échange d'argent. Mais peu importait. La fille était à présent disponible, et il répéta sa question originale, avec une impatience qu'il ne prit cette fois pas la peine de dissimuler.

— Non, répliqua-t-elle en essuyant son plan de travail. Il n'y a rien de tout prêt. Tout est fait sur commande.

Sa voix avait changé. Si Nikos s'en était soucié, il aurait remarqué qu'elle était irritée. Il regarda sa montre, furieux de voir que les minutes s'écoulaient impitoyablement.

— Donnez-moi ce qu'il y a de plus rapide, alors.

— Que désirez-vous ? demanda-t-elle.

Il fronça les sourcils — était-elle sourde en plus d'être mal lunée ?

— J'ai dit : ce qu'il y a de plus rapide.

— Une tranche de pain beurré, voilà ce qu'il y a de plus rapide. Vous ne voulez rien dedans ?

Nikos plissa les yeux. Cette fois, il ne pouvait ignorer l'insolence de son interlocutrice.

— Du jambon, déclara-t-il sèchement.

— Pain blanc ou complet ? Baguette ou tartine ?

— Ce qu'il y a de plus rapide, répéta-t-il pour la troisième fois.

— Baguette, blanc.

— Parfait.

— Vous voulez seulement du jambon ?

— Oui.

S'il avait le malheur de choisir un autre ingrédient, il redoutait d'être là toute la journée ! Enfin, la fille se retourna et entreprit de préparer sa commande. Nikos réalisa qu'il était assoiffé et tira une bouteille d'eau d'une vitrine réfrigérée. Il la mit sur le comptoir au moment où la serveuse y déposait son sandwich.

— Ça fera trois livres quarante-cinq, annonça-t-elle après un rapide calcul mental.

Nikos sortit un billet de son portefeuille et le lui tendit, impassible.

— C'est un billet de cinquante, fit-elle valoir.

A sa mine ahurie, Nikos aurait pu croire qu'elle n'en avait jamais vu — ce qui était peut-être le cas. Il continua de le lui tendre en silence.

— Vous n'avez rien de plus petit ? demanda-t-elle.

— Non.

Avec un soupir agacé, la fille lui arracha presque le billet des mains et ouvrit sa caisse. Quelques instants plus tard, elle étala la monnaie sur le comptoir : quelques piécettes argentées, un billet de vingt… et vingt-six pièces d'une livre. Puis elle redressa le menton et étudia Nikos d'un air de défi.

Pour la première fois, il la regarda. Et, pour la première fois, il la *vit*.

Nikos se figea, avec l'étrange sensation d'avoir été frappé par la foudre. Une voix dans son esprit lui soufflait d'arrêter de la fixer, d'empocher sa monnaie et de sauter dans sa voiture. Il avait une réunion et il avait déjà perdu assez de temps dans cette gargote.

Mais il était incapable d'entendre raison. Quelque chose d'impérieux, de viscéral s'était emparé de lui et le clouait au sol.

Thee mou, cette fille était d'une beauté à couper le souffle !

Nikos admira le modelé de ses traits, la délicatesse des courbes de son visage, son nez droit, ses yeux d'un bleu éclatant. Et sa bouche… Ah, cette bouche ! Elle lui évoquait un fruit mûr et juteux…

Pourquoi diable ne l'avait-il pas remarquée plus tôt ?

La question n'avait pas d'importance. Rien d'autre n'avait d'importance que son désir foudroyant, son besoin de s'enivrer du spectacle de cette beauté. Son corps tout entier semblait en incandescence, comme si une lave brûlante parcourait ses veines.

Quelle réaction étrange… Il se comportait comme un homme affamé, comme s'il n'avait pas vu une jolie femme depuis des années… Pourtant, c'était loin d'être le cas ! Son statut d'héritier des Parakis faisait de lui une cible de choix pour toutes les ambitieuses et les croqueuses de diamants de la jet-set. Les plus belles filles du monde se jetaient à ses pieds, d'autant plus motivées que dame Nature l'avait doté d'un physique qu'il savait agréable, et qu'il travaillait dur à entretenir. Bref, il savait sans vanité aucune qu'il plaisait, et il en profitait. Il ne comptait plus le nombre de mannequins qu'il avait laissés parader à son bras, ou se glisser dans son lit. Il était fait de chair et de sang, après tout !

Mais celle qui lui faisait face ne ressemblait pas aux mondaines sophistiquées qu'il fréquentait habituellement. Elle était sans apprêt. Ses cheveux — blonds, pour ce qu'il en voyait — étaient cachés sous une casquette, et elle ne portait pas de maquillage. Quant à son corps, il n'en discernait que ce qu'un T-shirt trop grand pour elle et le comptoir qui la coupait à la taille en laissaient paraître.

Bon sang, si elle était si séduisante dans ces oripeaux,

à quoi ressemblerait-elle en robe de soirée ? Il plissa les yeux, tentant de s'imaginer le résultat.

La voix de la fille l'arracha brutalement à ses rêveries.

— Si vous avez envie d'un morceau de viande, la boucherie est en face !

Il fronça les sourcils, dérouté par cette remarque sibylline.

— Pardon ?

La serveuse le foudroya du regard. Distraitement, Nikos s'émerveilla du fait qu'en colère elle paraissait plus séduisante encore. Ses yeux flamboyaient comme des saphirs sous le soleil.

— Ne jouez pas les innocents. Maintenant, prenez votre monnaie, votre fichu sandwich, et disparaissez.

Ce fut au tour de Nikos de se mettre en colère. Qui était-elle pour lui parler sur ce ton ? Son visage se durcit et il répliqua sèchement :

— Votre comportement envers un client est inacceptable. Si vous étiez l'une de mes employées, je vous mettrais à la porte illico.

En guise de réponse, la fille posa ses mains à plat sur le comptoir pour se pencher vers lui, révélant sa taille fine et ses hanches sensuelles.

— Et si je travaillais pour *vous* — ce qui, Dieu merci, n'est pas le cas — je vous poursuivrais pour harcèlement sexuel ! Comme je vous l'ai dit, je ne suis pas un morceau de viande !

Contre toute attente, Nikos se sentit envahi d'un sentiment de jubilation. Non seulement cette fille était superbe — encore qu'inexplicablement bougonne — mais elle avait de la repartie et du caractère.

— Depuis quand est-il illégal d'admirer une belle femme ? demanda-t-il d'un ton suave.

Pour illustrer son propos, il la soumit à un examen lent et délibéré. Elle éveillait en lui un mélange explosif de désir et d'agacement — Nikos ignorait laquelle des deux émotions l'emportait. Ce qu'il savait, en revanche, c'était qu'il avait envie de la provoquer…

— Si vous ne pouvez pas vous empêcher de dévisager les femmes, achetez-vous au moins des lunettes de soleil pour nous épargner cette épreuve.

— Cette épreuve ? répéta-t-il avec amusement. Vraiment ?

Nikos adoucit son regard pour le changer en caresse — comme il savait si bien le faire. Aucune de celles qu'il avait rencontrées n'avait jamais paru offensée d'être caressée par son regard appréciateur — pour ce qu'il en savait ! A son intense satisfaction, il vit une rougeur soudaine monter le long de son cou et s'infuser dans sa peau laiteuse.

— Allez-vous-en, murmura-t-elle en baissant les yeux. Disparaissez.

Nikos partit d'un rire grave. *Jeu, set et match.* Il savait qu'il venait de percer les défenses de la jeune femme et s'en trouva satisfait. D'un geste ample, il ramassa sa monnaie et la fit glisser dans sa poche. Puis il prit son sandwich et sa bouteille d'eau.

— Passez une bonne journée, déclara-t-il d'un ton aimable.

Il quitta le magasin d'excellente humeur. Une dizaine de mètres plus loin, il aperçut Joe qui terminait son déjeuner appuyé contre un lampadaire. Sans réfléchir, Nikos plongea la main dans sa poche et en sortit toute sa monnaie.

— Voilà pour vous, l'ami.

L'autre écarquilla les yeux.

— Oh ! Merci, chef !

Il tendit ses deux mains tremblantes pour recevoir cette obole inespérée. Nikos, d'ordinaire imperturbable, fut pris de compassion.

— Elle a raison, vous savez, s'entendit-il dire. L'alcool vous tue à petit feu.

Joe posa sur lui ses yeux injectés de sang. Un soupir souleva sa poitrine maigre.

— Je sais…

Puis il tourna les talons et s'éloigna en clopinant, les épaules basses. Nikos le suivit un instant des yeux avant de revenir à la réalité — l'heure tournait ! Il fit signe à son chauffeur, qui démarra aussitôt la voiture et vint le cueillir au bord du trottoir. Il prit place sur la banquette arrière où il attaqua son sandwich à pleines dents.

Ses propres paroles ne tardèrent pas à résonner dans sa tête. *Elle a raison, vous savez…* Oui, la serveuse avait vu juste. Et pas seulement sur les mauvaises habitudes de ce pauvre Joe…

Il termina son repas, roula sa serviette en boule et prit son téléphone pour appeler sa secrétaire londonienne. Elle répondit immédiatement.

— Janine, j'ai besoin de faire envoyer des fleurs…

Mel fixa la silhouette qui s'éloignait, les mains toujours à plat sur le comptoir. Elle était furieuse. Elle ne s'était pas sentie aussi en colère depuis… Non, corrigea-t-elle, elle ne s'était *jamais* sentie aussi en colère !

Ce goujat l'avait hérissée dès qu'il était entré dans le magasin. Il s'était adressé à elle d'un ton sec, sans même attendre qu'elle se retourne. C'était un homme habitué à commander, et pour lui une simple serveuse ne valait guère mieux qu'un esclave ou un laquais.

Elle avait fait de son mieux pour se montrer polie, mais avait perdu patience en voyant la façon dont le type avait dévisagé ce pauvre Joe, comme si ce dernier n'avait rien à faire dans le magasin.

Bien sûr, Joe ne sentait pas très bon et n'avait pas belle allure. Mais n'avait-il pas droit à un peu de compassion ? Surtout de la part d'un homme qui, à voir le genre de costume et de montre qu'il portait, n'avait pas eu à souffrir une seule seconde de sa vie ?

Mel rejoua mentalement leur échange presque monosyllabique quant au genre de sandwich qu'il voulait, jusqu'à l'instant où le type avait lâché un billet de cinquante livres sur le comptoir. Cinquante livres pour un sandwich... Mel eut un sourire de satisfaction en songeant à la monnaie qu'elle lui avait rendue. L'expression de son client, quand il avait vu toutes les pièces, lui avait permis de savourer un instant de victoire.

Un *court* instant de victoire, concéda-t-elle. Presque aussitôt, l'inconnu avait braqué sur elle un regard si intense et dérangeant qu'elle en frissonnait encore. A son immense honte, ce regard l'avait troublée instantanément. Une chaleur diffuse avait parcouru ses membres et avait irradié son bas-ventre. Ses seins s'étaient durcis — heureusement, le T-shirt trop grand qu'elle portait avait eu le mérite de dissimuler sa réaction.

De la viande, se rappela-t-elle farouchement. *Il t'a regardée comme si tu étais une appétissante pièce de boucherie, rien de plus.*

Mais elle eut beau s'y efforcer, elle ne parvint pas à ranimer sa haine vis-à-vis de l'inconnu. Maintenant qu'il avait disparu, il ne lui restait qu'une étrange sensation de vertige, une sorte de picotement dans le corps qu'elle ne parvenait pas à réprimer.

Elle ferma les yeux et soupira. Bon, songea-t-elle, autant regarder la vérité en face. L'homme était arrogant et malpoli — un véritable rustre. Mais il était aussi d'une beauté presque surnaturelle. Elle s'en était aperçue dès qu'elle s'était retournée, raison pour laquelle elle s'était efforcée de ne pas le regarder en face. Elle s'était concentrée sur la préparation du sandwich de Joe, puis sur son thé.

Mais son image s'était tatouée sur sa rétine. Elle avait eu le plus grand mal à lutter contre l'envie de le dévisager également, de se nourrir du moindre détail de son apparence.

Il était la perfection incarnée, le mâle alpha dans toute sa splendeur — grand, athlétique, vêtu d'un costume sur mesure qui lui allait comme un gant. Mais ce n'étaient ni ses vêtements ni sa taille qui l'avaient le plus marquée. C'étaient ses yeux, leur noirceur d'encre, leurs inclusions dorées et leur dureté d'acier trempé, sertis dans un visage de statue grecque. Il avait une mâchoire ciselée, un nez droit et décidé et les yeux — encore ces yeux — frangés de cils incroyablement longs.

Oui, elle aurait pu le fixer pendant des heures, et c'était exactement ce à quoi elle avait pensé pendant qu'ils échangeaient leurs propos acerbes.

Et tout d'un coup son regard avait changé. Il avait coulé sur elle comme du miel chaud, si intense, si charnel qu'elle aurait juré sentir ses mains sur son corps, ses lèvres contre les siennes. Comment avait-il fait une chose pareille ? Un tel pouvoir relevait de la sorcellerie. Démunie, elle s'était sentie rougir comme une pivoine et avait perdu tous ses moyens. Elle n'avait eu d'autre recours que de lui demander de sortir.

Et comment avait-il réagi ? Par un immense éclat de rire. Il s'était moqué d'elle, satisfait de cette victoire facile. Il avait joué avec elle comme un chat avec une souris.

Qu'il aille au diable !

Une colère bienvenue l'envahit enfin et dissipa la chaleur troublante qui l'avait envahie. Elle regarda de nouveau par la porte vitrée, mais l'homme avait disparu.

Mel s'intima pour la dernière fois l'ordre de ne plus penser à lui et entreprit de trancher du pain avec une fureur que la pauvre baguette ne méritait pas.

2.

— Vous avez fait livrer les fleurs ?

Ce fut la première question que Nikos posa à sa secrétaire sitôt qu'il regagna son bureau. Il ne doutait pas de la réponse — Janine était l'efficacité même. Elle était aussi habituée à envoyer des fleurs aux quatre coins du pays.

A ceci près qu'en général leurs destinataires n'étaient pas vendeuses de sandwichs... Et elles n'avaient qu'une envie : lui faire plaisir, pas lui arracher les yeux.

Il secoua la tête pour s'éclaircir les idées avant de s'asseoir à son bureau. Rien ne servait de penser à l'impétueuse blonde, à sa beauté hors du commun, à l'allure qu'elle aurait en robe de soirée. Ou sans rien sur le corps, ses cheveux blonds comme les blés étalés sur les draps, son regard limpide seulement troublé par l'orgasme auquel il la menait...

De nouveau, il secoua la tête. Il n'était pas d'un naturel enclin à la rêverie et il était inutile, se répéta-t-il, de perdre une seconde de plus à fantasmer sur cette inconnue. Il lui avait fait envoyer des fleurs pour s'excuser de son comportement, l'affaire était donc réglée. Il avait assez de prétendantes parmi lesquelles choisir ses futures maîtresses. Et une serveuse n'avait pas sa place dans cette sélection de haut vol.

Il ouvrit son agenda pour étudier ce que lui réservait le reste de son séjour à Londres. Son père, président de la banque d'investissement basée à Athènes, ne quittait plus que très rarement la Grèce, laissant à Nikos le soin de voyager pour veiller aux intérêts de la société familiale dans le monde entier.

Cet arrangement lui convenait parfaitement. Ainsi, il n'avait pas à écouter les griefs permanents de son père à l'encontre de sa mère. Ce n'était qu'un répit temporaire, mais appréciable. D'autant que, quand il verrait sa mère, elle lui casserait à son tour les oreilles avec ses propres récriminations.

Avec un soupir d'irritation, il chassa les querelles familiales de son esprit. Il supportait depuis trop longtemps la mesquinerie et les chamailleries de ses parents, mais que pouvait-il y faire ? Il s'agissait de son père et de sa mère…

D'un regard distrait, il balaya les divers rendez-vous et obligations qui l'attendaient. Puis il avisa son programme du vendredi soir et se frappa le front. Bon sang, il ne manquait plus que ça… Un gala caritatif à l'hôtel Viscari St James.

En soi, l'événement était parfaitement anodin. Le problème, c'était qu'une note dans son agenda précisait que Fiona Pellingham y assisterait — c'était d'ailleurs elle qui l'avait invité. Et, s'il y avait une personne qu'il n'avait pas envie de voir, c'était bien elle.

Avocate spécialisée dans les fusions-acquisitions, elle s'était entichée de Nikos après leur rencontre lors d'un précédent séjour à Londres. Elle n'avait pas caché qu'elle comptait faire de lui sa prochaine acquisition, et qu'une fusion serait aussitôt au programme. Mais si Fiona — une brunette svelte aux courbes parfaites — était sexy, Nikos avait compris qu'elle était également dominatrice et possessive. C'était le genre de femme qui ne se contenterait pas de ce qu'il offrait habituellement à ses maîtresses, à savoir quelques nuits de plaisir, et rien de plus. La perspective de passer une soirée entière à essayer de lui échapper ne le réjouissait guère.

Le problème, c'était que, même s'il décidait de ne pas se rendre au gala, Fiona trouverait un autre moyen de le poursuivre de ses ardeurs. Il y aurait d'autres soirées, d'autres invitations. Non, ce qu'il fallait, c'était lui faire comprendre qu'il n'était pas disponible. Il avait besoin d'assister à ce gala avec une femme à son bras. Mais qui accepterait de se prêter à cette mascarade ?

Il resta quelques instants songeur, puis la lumière se fit dans son esprit, si vive qu'il tressaillit. Mais bien sûr ! Il savait exactement qui il voulait emmener au gala. Tout s'agençait parfaitement — ne s'était-il pas demandé à quoi ressemblerait la blonde de la gargote en tenue de soirée ? C'était l'occasion rêvée d'avoir la réponse.

Pourquoi ne pas en profiter ?

Les poings sur les hanches, Mel se tenait dans l'arrière-boutique et fixait avec incrédulité la table branlante au milieu des piles de cartons. Ce n'était pas la table elle-même qui l'intéressait mais l'extravagant bouquet de fleurs entouré de cellophane posé dessus. La carte qui y était jointe l'avait mise au comble de l'agacement.

J'espère que ces quelques fleurs vous aideront à me pardonner et vous mettront de meilleure humeur.

Elle était signée « Nikos Parakis ».

Ainsi, il était grec… Mel n'était pas surprise. Si son accent était un pur produit du système éducatif anglais, ses cheveux d'un noir de jais et son teint cuivré laissaient deviner des origines méditerranéennes.

Pour la énième fois, Mel déroula le film de leur brève rencontre dans son esprit. Elle se força à l'interrompre et s'approcha en fulminant du bouquet de lys. Leur fragrance entêtante envahissait la petite pièce — elle parvenait même à couvrir les odeurs de nourriture. C'était un parfum exotique, lourd, d'une sensualité presque oppressante. Un parfum qui faisait chavirer les sens.

Tout comme l'expéditeur de ces fleurs.

Une douce chaleur s'insinua de nouveau en elle, sans qu'elle pût la contrôler. De colère, elle tourna les talons en claquant la porte derrière elle. Elle ne savait pas ce qu'elle allait faire de ce stupide bouquet, mais pour le moment, elle avait du travail. Sarrie était en vacances et elle était toute seule pour s'occuper de la boutique. L'absence de son patron signifiait une charge de travail accrue mais elle s'en moquait. Sarrie la dédommageait généreusement et tout revenu supplémentaire était le bienvenu.

Elle revint à son poste et se força à se concentrer sur sa tâche. Après avoir fait un état du stock, elle sortit une vasque de tomates en rondelles du réfrigérateur pour remplacer celle qui était vide sur le plan de travail. Puis elle entreprit de frotter le comptoir, pourtant immaculé.

Peu importait. Tout ce qui l'empêchait de penser à cet idiot de Nikos Parakis était bienvenu. Elle devait s'occuper le corps et l'esprit. Comme… Où en était-elle de ses économies ? Elle passa en revue les sommes qu'elle épargnait mensuellement, effectua quelques multiplications et, comme toutes les fois qu'elle s'adonnait à cet exercice, eut un sourire de satisfaction. Elle avait presque atteint le montant qu'elle s'était fixé, celui qui lui permettrait de vivre enfin son rêve.

Voyager. Quitter l'Angleterre pour voir le monde, pour découvrir tous ces endroits qui n'étaient jusqu'alors que des noms pour elle — l'Europe, la Méditerranée, les Etats-Unis. Et pourquoi pas plus loin encore, l'Australie, l'Asie, l'Amérique du Sud…

Mel n'avait jamais quitté l'Angleterre de sa vie. Son grand-père, il fallait le dire, n'avait jamais été particulièrement aventureux. La Manche avait toujours constitué un horizon infranchissable pour lui.

— Qu'y a-t-il de plus à l'étranger qu'à Bognor ? avait-il coutume de maugréer. Ou à Brighton, ou Bournemouth ?

C'était donc sur la côte sud de l'Angleterre que Mel avait passé toutes ses vacances jusqu'à son adolescence. Et pendant longtemps elle n'avait rien trouvé à y redire. Elle aimait la mer et la plage, même si elle n'avait pas de frère ou de sœur avec qui jouer. Elle vivait en effet seule avec son grand-père maternel depuis que ses parents avaient été tués dans un accident de voiture.

Maintenant qu'elle considérait cette époque d'un œil d'adulte, elle comprenait qu'elle avait été une planche de salut pour son grand-père après la perte de sa fille et de son beau-fils. Devoir s'occuper d'une enfant de cinq ans avait requis toute son énergie et lui avait donné une raison de vivre. Lui, en retour, était devenu son roc, le centre de son univers.

Lorsqu'elle était entrée à l'université, Mel avait choisi de rester vivre avec lui dans la petite maison mitoyenne où elle avait grandi en banlieue nord de Londres.

— Ce serait idiot de déménager, grand-père. Les logements étudiants coûtent une fortune, et ce sont de vrais trous à rats.

Même s'il n'en avait rien dit, elle savait que le vieil homme avait été soulagé qu'elle reste auprès de lui. Cette décision n'avait d'ailleurs pas empêché Mel de sortir et de faire la fête comme n'importe quelle autre étudiante. Elle avait aussi eu son lot d'aventures amoureuses, jusqu'au jour où elle avait rencontré Jak. Les choses étaient devenues sérieuses entre eux, d'autant que Jak semblait être le seul homme capable de voir au-delà de son apparence physique. Il s'était intéressé à elle pour ce qu'elle était vraiment.

Avait-elle été amoureuse de lui ? Elle avait découvert la réponse à cette question à la fin de leurs études : pas assez pour lui consacrer sa vie et tout abandonner pour lui.

— J'ai décroché un job dans une association caritative en Afrique, avait-il annoncé un jour. Je pars dans un mois. Je voudrais que tu viennes avec moi… Mel, veux-tu venir avec moi ? Que nous fassions notre vie ensemble ?

Elle s'était attendue à cette question. Mais, quels que fussent ses sentiments pour Jak, elle n'avait pas hésité dans sa réponse.

— Je ne peux pas, avait-elle répondu. Grand-Père a besoin de moi.

Et de fait, pendant les trois années qu'elle avait passées à l'université, le vieil homme avait franchi une ligne invisible. Les accidents de santé s'étaient succédé mais le pire avait été son déclin mental. Mel savait qu'elle ne pouvait pas l'abandonner, à présent que, par un étrange renversement du destin, c'était lui qui dépendait d'elle. Sans la moindre hésitation, elle avait mis sa propre vie en suspens pour s'occuper de son grand-père.

Les mois étaient devenus des années — trois, exactement — jusqu'au jour où il était parti pour son dernier voyage. Mel avait beaucoup pleuré. Certes, son chagrin était immense, mais elle était également soulagée de savoir l'homme qu'elle aimait le plus au monde enfin libre de toute souffrance.

Libre, elle l'était totalement, à présent. Elle n'avait plus aucune attache et rien ne pouvait l'empêcher de poursuivre son rêve de voyager, de découvrir le monde. Mais, pour ce faire, elle allait avoir besoin d'argent. Et, de l'argent, elle n'avait pas pu en gagner durant les trois années passées à s'occuper de son grand-père. Ce dernier lui avait bien laissé un petit héritage mais elle ne voulait pas y toucher. Il lui servirait à son retour pour se loger, chercher du travail, démarrer une carrière. Pour financer son tour du monde, elle avait donc décidé de travailler autant qu'elle pouvait — de jour chez Sarrie, le soir comme serveuse dans un restaurant voisin.

Bientôt, elle prendrait son envol. Peu importait la destination, elle achèterait un billet d'avion à prix cassé en dernière minute. Elle parcourrait le monde et ne reviendrait qu'une fois son budget épuisé.

Mais peut-être que je ne reviendrai jamais... Peut-être que je continuerai de courir le monde sans me lasser, puisqu'il est si vaste et que je suis libre comme l'air.

Les possibilités qui s'offraient à elle désormais étaient enivrantes. Elle allait pouvoir rattraper le temps perdu, surtout dans un domaine où toutes ses amies avaient une confortable avance — les relations amoureuses, par exemple !

Depuis le départ de Jak, les soins constants que

requérait son grand-père ne lui avaient pas permis d'envisager la moindre relation sérieuse. Elle était bien sortie deux ou trois fois avec des garçons, mais rien de durable. Elle brûlait donc d'excitation à l'idée de rencontrer quelqu'un, peut-être au moment où elle s'y attendrait le moins. Un regard croisé dans une foule, un sourire échangé… Une nuit de plaisir simple, sans complications ni promesses d'avenir…

Un sourire cynique étira ses lèvres. Une telle attitude, elle le savait, ne pourrait que la rendre populaire auprès de la gent masculine ! Un homme comme Nikos Parakis, par exemple, ne pourrait que s'en réjouir, vu la façon dont il l'avait regardée…

Un client entra au même moment et lui fournit une excuse bienvenue pour cesser de penser à lui. Elle avait bien mieux à faire que de fantasmer sur la vie sentimentale de Nikos Parakis. Bientôt, les fleurs de ce bouquet se faneraient, et avec elles le souvenir de leur expéditeur, de son physique de rêve et de ses yeux qui semblaient pénétrer jusqu'au tréfonds de son âme…

— Arrêtez-vous là, ordonna Nikos à son chauffeur, qui gara aussitôt la luxueuse BMW le long du trottoir pour permettre à son patron de descendre.

Les mains dans les poches, Nikos étudia les allées et venues des clients de Chez Sarrie, le magasin de sandwichs où travaillait la jolie blonde. Avait-il bien fait de venir ? se demanda-t-il dans un nouvel accès de doutes.

Il avait déjà changé dix fois d'avis durant le trajet, dans un sens puis dans l'autre. Il ne savait rien de cette fille, s'était-il répété. Elle était peu aimable et, pour couronner le tout, n'avait sans doute rien à se mettre pour se rendre à un événement aussi exclusif qu'une soirée au Viscari St James.

Mais tous ces arguments ne pesaient rien face à son désir de la revoir. Il voulait goûter de nouveau à cette poussée d'adrénaline qu'il éprouvait quand il posait les yeux sur elle.

Un frisson d'impatience le parcourut et il baissa les yeux sur sa montre. Il était presque 18 heures. Ce genre d'échoppe ne restait en général pas ouverte en soirée, ce qui signifiait que la jeune femme devait avoir fini sa journée de travail… Il prit une inspiration, traversa la rue d'un pas déterminé et poussa la porte vitrée. Il n'y avait qu'un autre client dans la boutique, occupé à payer.

Nikos le remarqua à peine. Un sentiment de profonde satisfaction s'était emparé de lui sitôt que son regard s'était posé sur la vendeuse. Il savait à présent, sans le moindre doute, qu'il avait bien fait de venir. Elle était aussi incroyablement sexy que dans son souvenir. Oui, il avait pris la bonne décision et son idée était géniale.

Restait à en convaincre la principale intéressée…

— Voici votre monnaie, l'entendit-il dire à son client.

Sa voix était joyeuse, son expression, souriante. Il n'y avait pas trace, nota Nikos avec cynisme, de l'hostilité dont elle avait fait preuve à son égard. Elle ne l'avait pas remarqué, ce qui lui permit d'admirer la façon dont son sourire illuminait son visage. Et, même si ce sourire ne lui était pas adressé, il sentit son cœur bondir dans sa poitrine.

Enfin, elle l'aperçut. Son regard se glaça mais elle attendit que l'autre client fût sorti du magasin pour lancer son attaque.

— Qu'est-ce que vous faites là ?

Nikos avança d'un pas tranquille vers le comptoir, tandis qu'elle reculait d'un pas. Son instinct ne le trompait jamais — il savait qu'elle était troublée par sa présence. Même son expression hostile peinait à cacher l'étincelle d'émotion qui brasillait au fond de ses yeux. C'était une réaction vieille comme le temps, la même qu'elle avait eue lors de leur première rencontre.

Sans le vouloir, le corps de cette femme lui disait tout ce qu'il avait besoin de savoir. Elle avait beau le nier de toutes ses forces, il lui plaisait autant qu'elle lui plaisait.

De nouveau, il se réjouit à détailler ce qui l'attirait à ce point chez elle. Les heures qui s'étaient écoulées n'avaient en rien atténué son extraordinaire beauté. Comment pouvait-elle dégager une telle féminité, sans maquillage, avec une affreuse casquette sur la tête et un T-shirt trop large ? C'était un mystère qu'il était déterminé à éclaircir.

— Je voulais vous revoir, dit-il enfin, s'arrêtant de l'autre côté du comptoir.

Au prix d'un effort visible, elle fit un pas en avant pour reconquérir le terrain qu'elle venait de céder.

— Pourquoi ? rétorqua-t-elle.

Nikos ignora sa question pour demander d'un ton aimable :

— Vous avez reçu mes fleurs ?

— Oui.

Amusé par son laconisme, il leva un sourcil interrogateur.

— Elles ne vous plaisent pas ?

— Je parie que vous ne savez même pas de quelles fleurs il s'agit, répliqua-t-elle, redressant le menton d'un ton de défi. Je parie que vous avez demandé à votre secrétaire de les envoyer.

— Je soupçonne qu'il s'agit de lys. Ma secrétaire adore ça.

— Dans ce cas, vous n'avez qu'à lui en faire envoyer, à elle, la prochaine fois !

— A ceci près que je n'avais pas besoin de présenter mes excuses à ma secrétaire, fit valoir Nikos d'une voix suave. Et ce n'est pas elle non plus qui avait besoin qu'on la mette de bonne humeur.

C'était une provocation délibérée — et dangereuse étant donné qu'il avait un service à lui demander. Mais il ne pouvait résister à l'attrait d'une nouvelle joute verbale avec elle, au plaisir de voir ses yeux bleus s'enflammer de colère et briller plus intensément encore.

— Vos fleurs ne m'ont pas mise de bonne humeur, et votre présence ici n'arrange pas les choses. Si c'est tout ce que vous aviez à me dire, considérez votre mission comme accomplie.

— Non, ce n'est pas tout. Je suis venu pour vous inviter.

La jeune femme parut d'abord déroutée, puis méfiante.

— Pardon ?

— J'aimerais vous convier à un gala de charité vendredi soir, annonça Nikos de son ton le plus formel.

— Pardon ? répéta-t-elle.

— Laissez-moi vous expliquer…

— Vous feriez bien, oui.

— Je me trouve, par un concours de circonstances, sans cavalière pour assister à un gala caritatif vendredi soir. J'ai déjà répondu que je serais présent, je ne peux donc pas annuler. Je vous serais très reconnaissant si vous acceptiez de m'accompagner. Je suis sûr que vous passerez un excellent moment. C'est au Viscari St James, qui est comme vous le savez un hôtel très huppé.

Il s'interrompit, puis se fendit de son plus beau sourire avant d'ajouter :

— Dites-moi que vous acceptez.

Le visage de la jeune femme était pareil à un livre ouvert, trahissant la moindre de ses émotions. La plus visible, en cet instant, était une parfaite incrédulité.

— Et bien sûr, M. Parakis, vous n'avez personne d'autre à qui vous adresser ? Vous invitez une inconnue que vous auriez déjà mise à la porte si elle travaillait pour vous, pour vous citer ? Excusez-moi, mais c'est un peu difficile à croire !

— Je comprends, répondit Nikos sans se laisser démonter. Mais le fait est que, si vous acceptiez, vous gagneriez ma reconnaissance éternelle…

— Alléluia, ironisa la jeune femme.

— Je suis sérieux. J'aurais une dette envers vous.

— C'est hors de question.

— Pourquoi ? Qu'est-ce qui vous empêche de dire oui ?

— Le mystère qui entoure vos motivations, pour commencer.

— Mes motivations sont très simples. Vous ne pouvez pas ignorer à quel point vous êtes séduisante. N'importe quel homme serait honoré de vous avoir à ses côtés.

Il la vit rougir, puis déglutir. *Bingo.*

— Acceptez, reprit-il d'une voix involontairement rauque.

Une expression qu'il ne put identifier traversa le visage de la jeune femme, qui secoua la tête avec emphase.

— Non. Pas question.

— Pourquoi ?

— Parce vous me déplaisez, voilà pourquoi !

Malgré lui, Nikos sourit. Même si leur discussion ne

prenait pas la tournure qu'il espérait, ils se parlaient, et c'était déjà une petite victoire. Il leva la main en signe d'apaisement.

— Je reconnais que nous avons pris un mauvais départ, tous les deux, et j'assume ma responsabilité. J'avais faim, j'étais en retard… De votre côté, vous ne vous êtes pas montrée particulièrement aimable.

— Parce que vous m'avez parlé comme si j'étais une moins-que-rien ! Et la façon dont vous avez regardé ce pauvre Joe… Vous ne lui avez même pas donné une pièce quand il vous a demandé de l'aide. Votre portefeuille était plein de billets de cinquante !

— Et vous pensez que j'aurais dû lui en donner un ?

— Non, mais…

— Pour votre information, coupa Nikos, je lui ai laissé toute la monnaie que vous m'avez si gentiment rendue…

L'expression de la fille s'allongea aussitôt.

— *Quoi ?* Bon sang, il a dû tout dépenser en alcool.

Puis elle fronça un sourcil et reprit :

— Vous lui avez vraiment donné tout cet argent ?

— Vous n'aurez qu'à lui demander la prochaine fois qu'il viendra. Alors, vous acceptez mon invitation ?

Elle fléchissait, il le sentait. *Elle meurt d'envie d'accepter,* songea Nikos, *mais sa fierté l'en empêche.*

— Vous savez, insista-t-il pour la faire basculer, je suis quelqu'un de très respectable. Tout comme le Viscari Hotel, et tout comme ce gala de charité…

— Je ne sais rien de vous.

— C'est faux. Vous connaissez mon nom, vous l'avez même employé il y a une minute.

— Parce qu'il était sur la carte qui accompagnait les fleurs, c'est tout ! Et, au sujet des fleurs, vous imaginiez qu'un bouquet suffirait à me faire oublier votre goujaterie ? Le simple fait de l'envoyer était tellement… condescendant !

— Condescendant ? Je ne vois pas pourquoi.

Mel fit la grimace, brusquement submergée par un torrent d'émotions. Revoir cet homme au moment où elle s'y attendait le moins la déstabilisait. Elle faisait de son mieux pour reprendre pied sans lui révéler à quel point sa présence l'affectait. Mais qu'il était difficile de ne pas le dévorer du regard ! De ne pas admirer les reflets dorés de ses yeux, les angles durs et sensuels à la fois de son visage… Qu'il était difficile de ne pas se laisser séduire par ce regard profond…

— Oui, répéta-t-elle avec brusquerie. Condescendant. Sa Seigneurie envoie des fleurs à la pauvre Petite Fille aux allumettes.

Il y eut un moment de silence. Enfin, Nikos reprit la parole.

— Ce n'était pas mon intention. Comme je vous l'ai dit, je voulais simplement vous présenter mes excuses. Je me suis conduit de manière inacceptable. Mais, si vous voulez aussi que je vous présente mes excuses pour vous avoir fait envoyer des fleurs, je…

— Non, coupa Mel avec un soupir, c'est oublié.

Elle était prête à accepter sa contrition. Il paraissait sincère, après tout. Et, quand il affirmait avoir donné de l'argent à Joe, elle le croyait. Peut-être n'était-il pas un aussi mauvais bougre qu'elle l'avait d'abord pensé.

Mais cela n'était pas une raison suffisante pour accepter ce qu'il lui demandait. Sortir avec un homme dont la seule présence suffisait à lui donner des palpitations ? Un homme qui était parvenu à percer ses défenses et la faisait trembler ?

Pourquoi fait-il cela ? Et qu'est-ce qui t'arrive ? Pourquoi ne lui dis-tu pas de partir afin de pouvoir fermer le magasin ?

Pourquoi n'en as-tu pas la moindre envie ?

La réponse à cette question se tenait devant elle, un mètre quatre-vingt-dix de séduction pure.

— Ecoutez, M. Parakis, je ne comprends rien à cette histoire. Vous me rencontrez, vous me traitez de manière glaciale et provocatrice et vous me demandez dans la seconde qui suit de vous accompagner à une soirée. C'est étrange, admettez-le.

— Je comprends. Permettez-moi donc d'être honnête quant à mes motivations. Vous voulez savoir pourquoi je vous demande, à vous, de m'accompagner à ce gala ?

— Oui, c'est exactement ce que je veux savoir.

— Parce qu'une femme que je n'apprécie pas particulièrement, du moins pas de la façon dont elle le voudrait, sera là. Je n'ai pas envie qu'elle s'illusionne sur mon compte, et je n'ai pas davantage envie de passer mon temps à me cacher. Je ne veux pas me montrer impoli avec elle afin de ne pas gâcher une relation professionnelle qui pourrait être importante. Bref, j'ai besoin de la dissuader de manière plus subtile.

— Je vois. A l'aide d'une cavalière qui se fera passer pour votre petite amie.

— Pas de n'importe quelle cavalière. Fiona, la personne en question, sait très bien que je suis célibataire. J'ai donc besoin d'une compagne qui puisse accréditer la théorie du coup de foudre. Une femme d'une beauté rare — *vous*.

Ses yeux plongèrent dans les siens et Mel ne put réprimer un petit rire nerveux. Un vertige la prit, comme si un vent brûlant venait de s'engouffrer dans la boutique, perturbant ses sens et son esprit.

Sa méfiance naturelle s'effilochait lentement sous les assauts de la tentation. Nikos Parakis lui proposait une expérience unique, une occasion de sortir dans un endroit d'exception au bras du plus bel homme qu'elle avait jamais vu.

Qu'est-ce que tu attends, idiote ? Pourquoi hésites-tu ?

Elle songea à toutes les bonnes raisons de refuser. Oui, le Grec était d'une beauté presque oppressante, mais il était aussi le type le plus arrogant et le plus irritant qu'elle connaissait.

Mais il t'a présenté ses excuses. Et il a l'air de savoir se moquer de lui-même. C'est une qualité rare.

Non. C'était un parfait inconnu. Elle ne savait rien de lui.

Tu connais son nom, et il propose de t'emmener dans l'un des hôtels les plus chics de Londres, pas dans une rave party au milieu de nulle part !

Bon, d'accord. Mais, même si elle était tentée d'accepter, elle n'avait rien à se mettre.

Faux. Tu as la robe de soirée que tu as achetée pour une bouchée de pain dans un dépôt-vente parce qu'elle avait une tache. Une tache que tu as réussi à enlever grâce à une recette de grand-mère.

Mais elle était censée travailler au restaurant ! Et les pourboires, le vendredi soir, étaient généreux.

Tu feras un service supplémentaire dimanche midi pour compenser.

Elle s'entendit démolir mentalement ses propres objections, une par une. N'était-elle pas sur le point de commencer une nouvelle vie ? N'était-ce pas un parfait exemple de la liberté à laquelle elle aspirait depuis si longtemps ? Elle avait la possibilité d'agir sur un coup de tête, par pur plaisir. Et, du plaisir, le physique de cet homme lui en promettait en abondance, même si elle savait bien que les choses n'iraient jamais jusque-là entre eux.

Nikos Parakis pouvait apparaître comme un symbole

de sa nouvelle vie, un signe du destin. Au lieu de l'ignorer, ne devait-elle pas l'accueillir à bras ouverts ?

— Alors ? demanda-t-il en haussant un sourcil interrogateur. Quel est le verdict ?

Mel mordit sa lèvre inférieure, prit une grande inspiration et acquiesça avec un faible sourire :

— Marché conclu.

3.

Mel eut beau se tortiller, ce fut en vain. Elle ne parvenait pas à se voir en pied dans le miroir qu'elle avait calé sur le meuble où Sarrie rangeait ses livres de comptabilité.

Mais peu importait. Elle savait que sa robe lui allait à merveille — elle l'avait essayée au dépôt-vente où elle l'avait dénichée. C'était l'une des plus belles pièces de la collection de vêtements vintage qu'elle avait accumulée ces derniers mois en prévision de son voyage.

La robe était faite de soie plissée bleu pâle, infusée par endroits d'un bleu plus profond, couleur jacinthe, qui s'accordait à merveille avec son regard. La qualité de la coupe et du tissu était digne de la célèbre maison dont le nom ornait l'étiquette. Avec une telle tenue, Mel savait qu'elle était parée pour tout, y compris un gala au prestigieux Viscari St James.

Une recherche Internet sur l'ordinateur de Sarrie lui avait appris que Nikos Parakis n'était autre que l'héritier de l'empire financier du même nom. Comment un homme aussi riche avait-il échoué dans sa misérable échoppe ? Mel comprenait mieux pourquoi il avait été choqué par le manque de déférence dont elle avait fait preuve à son égard, s'il fréquentait habituellement des établissements cinq étoiles !

Mais il lui avait présenté ses excuses, et c'était tout à son honneur. Mel avait donc décidé de tirer un trait sur ce qui s'était passé entre eux. Elle n'avait désormais qu'une hâte — le revoir.

Avec un frisson d'impatience, elle prit le petit sac à main de satin qui allait avec sa robe. C'était l'heure. Nikos lui avait dit qu'une voiture viendrait la chercher et, si le chauffeur était ponctuel, il devait l'attendre depuis quelques minutes.

De fait, une voiture noire aux vitres fumées était garée devant le magasin quand elle en émergea. Après avoir fermé la boutique à clé, elle s'en approcha d'une démarche qu'elle espérait assurée, s'efforçant de ne pas trébucher sur ses talons hauts.

Le chauffeur mit pied à terre pour lui ouvrir la porte arrière. Mel glissa sur la banquette, nerveuse et excitée à la fois. Elle n'était jamais montée dans une limousine, et le luxe de l'habitacle — moquette crème, inserts en ronce de noyer et lumière tamisée — était intimidant.

Sa vie de femme libre commençait, songea-t-elle comme le véhicule s'ébranlait dans un silence presque absolu. Et quel meilleur compagnon, pour ses premiers pas vers l'inconnu, que l'homme qui l'attendait dans l'un des hôtels les plus chics de Londres ?

Nikos s'approcha du bar pour commander un martini. Il préféra ne pas s'asseoir et prit appui sur le comptoir d'acajou, un pied sur le rail de cuivre qui en faisait le tour. Puis il balaya la pièce du regard, sans s'arrêter sur les visages célèbres que l'on apercevait çà et là parmi les invités du gala. Presque tous les hommes portaient, comme lui, un smoking.

Son chauffeur venait de l'appeler pour lui annoncer qu'il était en route, une nouvelle qui l'emplissait d'un mélange d'impatience et d'inquiétude. Enfin, il allait découvrir sa cavalière en robe de soirée. Mais il redoutait aussi de découvrir le genre de tenue qu'elle avait choisi. La logique laissait supposer que, si elle vendait des sandwichs, elle n'était pas très fortunée. Aurait-il dû lui proposer de l'aide ? Non, décida-t-il aussitôt. Elle aurait pris son offre pour de la condescendance — elle semblait plutôt susceptible sur ce point.

Il but une gorgée de son martini et parcourut de nouveau la foule du regard, distraitement, avant de se figer. La blonde venait tout juste de franchir le seuil. Presque tous les hommes présents l'avaient remarquée, eux aussi, et pour cause. Elle était absolument sublime.

Nikos se reprocha d'avoir pu douter un seul instant de son goût et de sa distinction. Sa silhouette élancée était drapée dans une robe qui mettait en valeur des courbes jusqu'alors dissimulées par sa tenue de travail. C'était la première fois qu'il la voyait sans sa casquette, et le spectacle en valait la peine. Ses cheveux, retenus par un peigne de nacre, coulaient sur l'une de ses épaules en une cascade dorée qui semblait, sous l'effet de la lumière, en perpétuel mouvement.

Quant à son visage… Il était comme illuminé par un maquillage léger et élégant. Des yeux de biche, une bouche pulpeuse, simplement rehaussée par un brillant à lèvres, les pommettes rosies par une touche de blush. Elle ressemblait à une fleur dans la rosée du matin. Il s'aperçut qu'il s'était arrêté de respirer et prit une longue inspiration.

Enfin, il s'avança vers elle. Il dominait la majeure partie des invités d'une tête et elle le repéra aussitôt. Il remarqua qu'une ombre de surprise admirative passait dans son regard — parfait, il produisait toujours le même effet sur elle.

— Vous êtes magnifique, dit Nikos dans un souffle, lorsqu'il fut près d'elle.

— C'était l'idée, non ?

Mel avait répondu d'un ton moqueur destiné à dissimuler son trouble. Quand son regard avait accroché celui de Nikos Parakis, le reste du monde avait cessé d'exister. Vêtu d'un smoking qui soulignait ses larges épaules, il était plus séduisant que jamais. Son cœur battait si fort, en cet instant, qu'elle se demanda si elle n'allait pas s'évanouir.

Mel inspira profondément pour reprendre le contrôle de ses émotions. Si le Grec percevait la moindre faiblesse de sa part, il ne ferait qu'une bouchée d'elle. Et pas seulement, elle le craignait, au sens figuré…

— Que voulez-vous boire ? demanda Nikos en souriant.

— Un verre d'eau pétillante, merci, parvint-elle à répondre.

— Vous ne buvez pas d'alcool ? demanda son compagnon d'un air curieux.

— Si, mais je suppose qu'il y aura du vin avec le dîner, je préfère donc ne pas commencer trop tôt.

— C'est très sage, murmura Nikos, l'entraînant vers le bar où il passa commande pour elle.

Il se tourna ensuite vers sa cavalière d'un soir — une cavalière dont, songea-t-il soudain, il ne connaissait pas le prénom !

Jusqu'à cet instant, quand il pensait à elle, elle était toujours « la beauté de la boutique de sandwichs ». Il cligna des yeux, dérouté, avant de se rappeler que si, il connaissait son nom. Il l'avait vu écrit sur son T-shirt de travail.

— Voilà, Sarrie, dit-il en lui tendant un verre d'eau plein de glaçons.

La jeune femme éclata de rire.

— Sarrie ? répéta-t-elle.

— Vous ne voulez pas que je vous appelle par votre prénom ? demanda-t-il, sourcils froncés.

— Je veux bien que vous m'appeliez par mon prénom, si vous employez le bon.

— Désolé, c'était écrit sur votre T-shirt, j'ai supposé que…

— Sarrie est le nom de mon patron. La boutique ne m'appartient pas. Moi, je m'appelle Mel.

Il y eut un court silence et elle enchaîna :

— Vous avez aussi besoin de mon nom de famille ? Ou mon prénom vous suffit-il, puisque nous ne nous reverrons pas après ce soir ?

Nikos fronça un sourcil, pris de court par sa remarque. Ne la reverrait-il pas après ce soir ? Etait-ce vraiment ce qu'il voulait ? Il s'apercevait qu'il avait envie d'en savoir plus sur elle. Quel genre de femme se cachait derrière ce tempérament de feu ? Il soupçonnait qu'une soirée ne suffirait pas à satisfaire sa curiosité.

Le mieux, c'était encore de jouer franc-jeu.

— Mel, vous devriez savoir que j'ai envie de découvrir bien davantage que votre nom de famille.

A son intense satisfaction, il la vit rosir. Il plongea ses yeux dans les siens pour le plaisir de la voir s'empourprer totalement, puis il s'accouda au bar en souriant.

— Au cas où cela vous intéresserait, déclara-elle enfin, je m'appelle Mel Cooper. Ça pourra servir, si vous devez me présenter à cette femme que vous essayez d'éviter.

Sa voix avait pris un ton un peu acerbe, mais Nikos l'ignora. *Je voudrais passer la soirée avec cette fille même si Fiona Pellingham était à l'autre bout du monde*, songea-t-il avec surprise. Peu importait, désormais, la raison pour laquelle il l'avait invitée. Elle était là et c'était tout ce qui comptait. Il avait bien l'intention d'en profiter.

— Parlez-moi de vous, Mel Cooper. Comment êtes-vous devenue vendeuse de sandwichs dans le noble établissement répondant au nom de Chez Sarrie ?

Elle but une gorgée d'eau avant de répondre. Elle semblait avoir recouvré ses esprits — ses joues avaient repris leur couleur normale.

— Sarrie Silva est l'oncle d'une amie. Il m'a offert ce poste. Il paie bien et le travail n'est pas déplaisant.

Inutile de préciser qu'après qu'elle s'était occupée d'une personne âgée pendant trois ans, jour et nuit, n'importe quel emploi paraissait idyllique à Mel !

— Et le mieux, c'est qu'il me laisse dormir dans le petit bureau situé au-dessus du magasin. On peut donc dire que j'y habite.

— Vous habitez dans une boutique de sandwichs ? répéta Nikos, incrédule.

— Pourquoi pas ? C'est gratuit. Et, à Londres, ça compte !

— Et… ça fait combien de temps que vous vivez comme ça ?

— Presque un an, depuis que j'ai quitté la maison où j'ai grandi.

— Qu'est-ce qui vous y a forcée ?

— Rien. C'était après la mort de mon grand-père…

Sentant sa voix trembloter, comme à chaque fois qu'elle évoquait le sujet, Mel toussota avant de reprendre :

— Bref, quand il est parti, j'ai préféré mettre la maison en location. Ça me fournit un joli complément de revenu.

— Mais vous êtes devenue sans domicile fixe, fit valoir Nikos.

La jeune femme secoua la tête, souriante.

— Ça n'a pas d'importance, parce que c'est un arrangement temporaire. Je vais bientôt partir à l'étranger.

Mel avait mentionné ce détail à dessein. Elle ignorait pourquoi, mais il lui semblait prudent de faire savoir à Nikos qu'elle ne resterait pas à Londres très longtemps. Sa réaction, quand elle avait affirmé qu'ils ne se reverraient pas après ce soir, la hantait encore. *Vous devriez savoir que j'ai envie de découvrir bien davantage que votre nom de famille.*

Oui, il était essentiel, vu l'effet que Nikos Parakis produisait sur elle, de décourager toute velléité de sa part de prolonger cette soirée.

— Où partez-vous ? demanda-t-il d'une voix étrange, comme si quelque chose l'irritait.

Mel haussa les épaules, insouciante.

— Je ne sais pas. En Espagne, probablement. Peu importe tant que le vol n'est pas cher.

— Vous ne savez pas où vous allez ?

— Non. Je m'en fiche. Je veux juste voyager. Où que j'aille, ce sera une aventure.

Nikos prit une gorgée de son martini, tout en la dévisageant.

— Quels pays avez-vous déjà visités ?

— Aucun, justement.

L'enthousiasme de Mel était manifeste — il semblait l'éclairer de l'intérieur. Une nouvelle fois, Nikos fut frappé par sa beauté. Elle ne semblait pas en avoir conscience mais elle était devenue le point focal de la soirée. Les hommes l'étudiaient avec une admiration plus ou moins discrète, les femmes, avec jalousie.

— Vous partez avec quelqu'un ? demanda-t-il.

Il avait formulé la question d'un air innocent destiné

à dissimuler son sens véritable. *Partez-vous avec un petit ami* ?

— Non, je pars seule.

Nikos en fut soulagé — un soulagement qui fut de courte durée. Presque aussitôt, elle ajouta avec un sourire rêveur :

— Mais je compte bien faire des rencontres sur place.

— Vous devriez faire attention, maugréa-t-il. Certains endroits de ce monde ne sont pas faits pour une femme seule.

— Je suis assez grande pour prendre soin de moi.

— Oh ! je n'en doute pas, répondit Nikos avec un sourire en coin. Il est difficile de vous en remontrer, en tout cas verbalement. Mais vous devriez quand même être prudente, si vous voulez mon avis.

Il crut l'espace d'un instant qu'elle allait protester, mais l'éclat rebelle qui incendiait son regard disparut brusquement.

— D'accord, d'accord, fit-elle en levant les yeux au ciel. J'engagerai un garde du corps pour m'accompagner dans toutes mes visites.

— Excellente idée, répondit Nikos, pince-sans-rire. Je peux vous recommander un excellent service de protection rapprochée que j'emploie moi-même régulièrement.

Mel le dévisagea, bouche bée.

— Mon Dieu… Vous êtes sérieux ? Je veux dire, vous employez des gardes du corps ?

— Comme je vous l'ai dit, dans certains endroits de la planète, il est préférable d'être accompagné, si possible par un type armé jusqu'aux dents.

— Mais… pourquoi iriez-vous dans de tels endroits ?

— Pour les affaires, répondit-il.

Il éclata de rire en avisant l'expression soupçonneuse de sa cavalière et s'empressa de préciser :

— Avant que vous ne vous fassiez des idées, non, je ne suis pas marchand d'armes. Je ne suis qu'un banquier aussi respectable qu'ennuyeux.

— Je sais, reconnut Mel. Je me suis renseignée sur votre compte. Encore que ça fait quelques années que je n'ai pas entendu le mot « respectable » accolé à celui de « banquier », ne put-elle s'empêcher d'ajouter.

— Touché, fit Nikos. Etant donné l'état de notre économie, et le rôle des banquiers dans la crise récente, je comprends votre scepticisme. Néanmoins, j'aimerais souligner que la banque Parakis est gérée de manière éthique. Nous ne prêtons pas d'argent à des spéculateurs mais à des clients passionnés par leur métier, qui ont fait leurs preuves et qui ont besoin d'un prêt pour passer à la vitesse supérieure. Le résultat de cette politique, c'est que nous n'avons pas été touchés, ou très peu, par la récession.

Sur ce, Nikos sourit et demanda :

— Alors, vous ai-je convaincue que tous les banquiers ne sont pas le mal personnifié ?

Mel le dévisagea d'un air songeur avant d'acquiescer.

— Vous êtes convaincant, je le concède.

— Mais êtes-vous toujours si facilement convaincue ? murmura-t-il avec un sourire enjôleur.

Sa voix avait changé, son regard aussi. Mel le perçut aussitôt et détourna les yeux avant de se forcer à les ramener sur son visage. Il y avait un sous-entendu dans sa question — un sous-entendu qui n'avait rien à voir avec leur discussion sur le milieu bancaire. S'il voulait jouer, elle allait lui montrer qu'elle en était elle aussi capable.

— Ça dépend, répondit-elle dans un souffle.

— De quoi ?

— De la personne qui essaie de me convaincre. Et de *quoi*.

Elle ponctua ces mots d'un battement de paupières et eut la satisfaction de voir son compagnon crisper brièvement la mâchoire.

— C'est bon à savoir, déclara-t-il avec un hochement de tête.

Cette fois, Mel abandonna tout faux-semblant pour répliquer :

— Vous avez au moins réussi à me persuader de vous accompagner ce soir. Vous devriez être satisfait.

— Oh ! je le suis. Vous ne pouvez pas savoir à quel point. Ça me vaut de passer quelques heures avec la plus belle femme de Londres, et de faire bien des jaloux.

Ne sachant s'il était sérieux, Mel décida d'ignorer le frisson de plaisir qui la parcourut et de prendre sa remarque à la plaisanterie.

— La plus belle femme de Londres ? Vous voulez dire d'Angleterre ?

— Je voulais dire du monde, mais j'avais peur d'offenser votre modestie naturelle, dit Nikos en souriant.

Nerveusement, Mel termina son verre d'un trait et le posa sur le bar. Elle avait beau vouloir jouer dans la cour des grands, elle n'était pas assez expérimentée pour continuer cette joute à fleurets mouchetés, sensuelle et sophistiquée. Elle préféra donc changer de sujet.

— Quand le dîner sera-t-il servi ? Ça va peut-être vous étonner, vu que je travaille dans une boutique de restauration rapide, mais je n'ai jamais le temps de déjeuner. Je meurs de faim.

— Parfait. La cuisine est de très haut vol ici, même lorsqu'il y a autant de monde que ce soir. Alors tant mieux si vous avez faim.

Puis il posa un regard critique sur sa silhouette et ajouta :

— J'espère que par « affamée » vous ne voulez pas dire que vous allez manger deux feuilles de salade au lieu d'une ?

Mel éclata de rire.

— Pas ce soir, non.

— Parfait, répéta-t-il. Dans ce cas, que diriez-vous de nous diriger vers le restaurant ?

A son tour, il posa son verre vide sur le bar et, avec une courbette théâtrale, et lui offrit son bras.

— Me ferez-vous l'honneur ?

— Avec grand plaisir, répondit Mel, songeant que le mot « plaisir » était dangereusement apte à décrire ce qu'elle ressentait. Merci.

— A votre service.

— A mon service, vraiment ? répéta Mel avec un petit rire, tandis qu'il la guidait vers le restaurant. J'espère que vous ne regretterez pas ces mots…

Nikos tourna légèrement la tête vers elle, le coin des lèvres retroussé par un sourire séducteur. Un éclat sourd pulsait dans les profondeurs de ses yeux.

— Je ne regretterai jamais rien en ce qui vous concerne, Mel Cooper. Vous pouvez en être sûre.

Mel sourit, envahie d'un enivrant sentiment de légèreté. Cette soirée s'avérait bien plus agréable qu'elle ne l'avait cru, et l'homme qui se tenait à ses côtés était entièrement responsable de ce revirement de situation. Sa voix, son sourire, ses yeux, tout contribuait à l'étourdir. Un étrange sentiment d'ivresse lui montait à la tête comme des bulles de champagne — heureusement qu'elle n'avait bu que de l'eau ! Chaque fois que le regard du Grec se posait sur elle, étincelant derrière ses cils noirs et fournis, son cœur manquait un battement avant de repartir de plus belle.

Fais attention, murmura une voix dans sa tête. *Tu n'es là que le temps d'une soirée. Alors profite de Nikos Parakis durant ces quelques heures qui te sont offertes, mais ne va surtout pas t'imaginer qu'il y aura davantage. A minuit, le carrosse se transforme en citrouille.*

Elle savait que la voix avait raison : ces instants magiques ne seraient bientôt plus qu'un lointain souvenir. Mais, en sortant du bar au bras de Nikos Parakis, elle ne put empêcher son cœur de battre un peu plus vite encore…

4.

— Mon Dieu ! s'exclama Mel quand ils entrèrent dans la salle où le dîner était servi. Quelle splendeur !

— Impressionnant, n'est-ce pas ? murmura Nikos.

— C'est le moins qu'on puisse dire.

Mel s'arrêta sur le seuil pour admirer la salle de bal et son opulente décoration fin-de-siècle. Des tables recouvertes de nappes immaculées avaient été dressées sous ses immenses plafonds à caissons. Chacune était ornée d'un candélabre et d'un arrangement floral. La lumière des chandeliers se reflétait à l'infini dans l'argenterie, les verres de cristal et les longs miroirs qui ornaient tout un mur.

Nikos entraîna Mel vers le plan de table affiché sur un grand tableau, ravi du trait de génie dont il avait fait preuve en l'invitant. Non seulement elle lui était utile, mais elle se révélait d'une compagnie bien plus stimulante qu'il ne l'avait imaginé. *Thee mou*, qui ne voudrait pas d'une telle femme à ses côtés ? songea-t-il. Quel homme ne se consumerait pas de désir pour elle ?

S'arrachant de force à ses rêveries, il désigna l'autre bout de la salle.

— Je crois que nous sommes assis là-bas.

Il ne tarda pas à s'apercevoir, en approchant, que l'une des invitées assises à la même table qu'eux n'était autre que Fiona Pellingham. Bien sûr : elle était l'une des organisatrices de la soirée.

— C'est elle, n'est-ce pas ? souffla Mel, la bouche en coin. La diablesse qui en pince pour vous et que vous voulez éviter ?

— Hélas, oui, répondit Nikos de la même voix basse. Et il semble qu'elle ne soit pas ravie de vous voir.

De fait, Fiona dardait sur elle un regard glacial. Une bouffée d'inquiétude s'empara de Nikos. Cette dernière était une avocate de haut niveau, et elle n'était pas arrivée là où elle en était en traitant ses rivales avec douceur et gentillesse…

— Ne vous laissez pas intimider, murmura-t-il. D'accord ?

— Oh ! ne vous en faites pas. Je ne suis pas timide, répondit Mel avec son plus beau sourire.

Il se rappela à qui il avait affaire et ne put retenir un petit rire. Oui, il était bien placé pour savoir que sa cavalière n'était pas du genre à se laisser marcher sur les pieds…

Les autres invités se levèrent à leur approche. Nikos les salua — il en connaissait deux, Fiona se chargea de présenter les autres. L'avocate était aimable, son visage, souriant, mais ses yeux trahissaient son déplaisir de le voir en compagnie d'une si belle femme.

— Enchantée, dit Mel lorsque Nikos la présenta à son tour à la tablée.

Puis elle s'assit sans le moindre signe d'appréhension et piocha directement dans la corbeille de pain qu'un serveur venait de poser sur la nappe.

— Désolée, s'exclama-t-elle joyeusement, j'ai sauté le déjeuner.

Mel entreprit de beurrer un morceau de pain

pendant que les autres invités se mettaient à discuter. La plupart travaillaient dans le milieu de la finance ou de la banque, ce qui n'avait rien d'étonnant. Elle mangea avec soulagement, n'écoutant la conversation que d'une oreille distraite. Son attention était rivée sur la personne à qui elle devait sa présence ce soir.

Fiona Pellingham était une très, très belle brune dont la robe rouge rubis mettait en évidence une plastique parfaite. Bien qu'élégantes, elles aussi, les deux autres femmes présentes à la table n'étaient pas aussi remarquables. Tous les invités lui paraissaient d'affables représentants de leur milieu social — un monde à mille lieues de celui où elle avait grandi. La seule hostilité qu'elle percevait émanait de Fiona. Les autres semblaient l'accepter pour ce qu'elle était : une jolie fille au bras d'un célibataire désirable.

A son soulagement, ils n'eurent pas à attendre le premier plat très longtemps. Une succulente terrine de saumon leur fut servie avec un verre de chablis frais et minéral qui l'accompagnait à merveille. Mel venait de reposer son verre, les yeux mi-clos de plaisir, lorsqu'elle se rendit compte qu'on lui parlait.

— Et vous, Mel, dans quel domaine travaillez-vous ?

C'était l'homme assis à la gauche de Fiona qui avait posé la question. Il la dévisageait avec un intérêt poli et elle sentit Nikos se crisper à côté d'elle, prêt à intervenir. Mais elle le devança.

— Dans le domaine des biens de grande consommation. L'alimentaire, plus précisément. Je travaille sur l'implémentation d'une chaîne de production en flux tendu qui puisse répondre aux nouveaux modes de consommation de notre clientèle.

— Intéressant, répondit l'homme. Vous travaillez pour un grand cabinet de consultants ?

— Non. Je suis indépendante. J'aime conduire mes recherches moi-même.

Elle crut entendre un son étranglé monter de la gorge de Nikos et sourit de toutes ses dents à son interlocuteur, qui poursuivit :

— Et que comptez-vous faire du résultat de ces recherches ?

— Mon client s'en servira pour affiner sa stratégie d'expansion.

— Est-ce que c'est un projet que la banque Parakis compte financer ? s'enquit Fiona d'une voix dont la douceur apparente cachait mal l'acidité.

Cette fois, Nikos parla le premier.

— J'attends de voir les premiers résultats de la stratégie en question.

— C'est noté, lui dit Mel avec un grand sourire. Je m'en souviendrai.

Puis, décidant qu'elle avait assez parlé des plans d'expansion de Sarrie — et de son rôle très largement embelli dans son commerce —, elle changea de sujet. Il était grand temps de désarmer Fiona. Elle tourna vers elle un regard candide.

— Nikos m'a dit que vous faisiez autorité dans votre domaine. C'est encourageant, de voir une femme faire une telle carrière, de nos jours.

Une expression surprise, puis ravie, passa sur les traits de Fiona.

— Ça m'a demandé beaucoup de travail, déclara-t-elle.

Sa voix s'était adoucie, Mel en aurait juré. Elle sourit et reprit en incluant les autres :

— Avez-vous souffert de sexisme dans vos milieux respectifs ? Si c'est le cas, ajouta-t-elle à l'intention de Fiona, ça n'a pas l'air de vous avoir gênée.

— Il faut une certaine détermination pour s'imposer

en tant que femme, dans ce genre d'univers, répondit l'intéressée.

— Et ne pas avoir d'enfant, ajouta l'une des invitées.

— Le dilemme classique, reprit Mel. Choisir entre sa vie privée et sa vie professionnelle…

Comme elle l'avait espéré, le sujet prit. La conversation dériva sur les inégalités entre hommes et femmes dans les entreprises. Ce fut un débat passionné, l'une des invitées défendant le droit à avoir des enfants *et* une carrière, deux autres soutenant la théorie qu'il était impossible d'avoir le beurre et l'argent du beurre. Nikos profita de cet échange animé pour se pencher vers Mel.

— Alors, comme ça, vous travaillez dans le domaine des biens de consommation courante ?

— Techniquement, c'est exact. Vous ne le saviez pas ?

— Si. Mais comment le savez-vous ?

— J'ai fait une école de commerce. Allons, vous ne pensiez tout de même pas que j'étais une blonde sans cervelle ?

Une lueur désormais familière apparut dans le regard du Grec.

— Non, je n'ai jamais pensé une chose pareille. Je tiens trop à la vie.

— Vous êtes malin, fit Mel avec un sourire en coin.

— Vous savez quoi ? Je commence à le penser moi-même. Vous inviter ce soir était un trait de génie.

Quelque chose dans sa voix lui disait qu'il était sincère. Elle frissonna et fut aussitôt rappelée à l'ordre par sa voix intérieure. *Attention !*

— Et vous ? l'interrogea Fiona au même moment. Quelle est votre position sur le sujet ? Vie privée ou carrière ?

Mel répondit sans hésitation.

— Ma carrière est ma priorité. Je n'ai aucune envie d'un bébé pour le moment. Bien sûr, je suis loin d'être à votre niveau, et je ne sais pas si je le serai jamais. Le dilemme ne se posera donc peut-être pas pour moi en termes aussi forts.

De nouveau, son compliment fut accueilli avec ravissement par sa destinataire, qui adressa à la tablée un sourire rayonnant.

— L'inconvénient de la réussite, intervint l'une des deux autres invitées, c'est que les hommes ont tendance à se méfier des femmes qui ont du succès.

— C'est vrai, renchérit Mel avec un clin d'œil. Regardez Nikos… Sa famille possède une banque et il sort avec une petite consultante de rien du tout.

Même Fiona sourit, et Mel en fut soulagée. Elle ne pouvait pas en vouloir à l'avocate d'avoir jeté son dévolu sur un homme tel que Nikos — n'importe quelle femme aurait fait de même. Et sa fortune personnelle n'avait rien à voir dans l'affaire. Il était tout simplement d'une virilité et d'une beauté qu'il était impossible d'ignorer.

Une chose était sûre, *elle* était incapable de l'ignorer.

Elle entendit vaguement, à sa droite, Nikos relancer la conversation.

— J'ai eu beaucoup de mal à convaincre Mel de m'accompagner ce soir, déclara-t-il en riant. Au final, je crois que c'est cet hôtel qui l'a convaincue.

— C'est vrai que c'est un endroit magnifique, renchérit-elle, regardant autour d'elle avec admiration.

— Tous les établissements Viscari ont le même cachet, déclara l'homme qui était assis en face d'elle, celui qui travaillait dans la finance. C'est ce qui les différencie des autres hôtels cinq étoiles.

Sa femme hocha aussitôt la tête.

— C'est vrai. Et notre préféré est celui de Florence, n'est-ce pas, mon chéri ?

La discussion se porta sur les mérites respectifs de divers palaces à travers le monde et Mel se détendit enfin. Le plat principal venait d'être servi, un risotto aux asperges aussi appétissant que l'entrée.

— Dire que j'ai failli ne pas venir, chuchota-t-elle en se penchant vers Nikos.

— Vous passez un bon moment, alors ?

— Oh oui, excellent. Je crois que je m'habituerais facilement à ce mode de vie !

Nikos leva son verre et lui sourit. Son regard coula sur Mel comme du chocolat fondant.

— Trinquons à mon excellente idée, en ce cas.

A cet instant, elle sentit une douce chaleur se répandre dans son ventre. Troublée, elle déglutit avec peine et leva son verre. Sa main tremblait légèrement mais il ne sembla pas le remarquer. Le cristal tinta.

— A votre excellente idée, répéta-t-elle.

Puis elle prit une longue gorgée de vin — l'alcool était moins dangereux que de regarder cet homme.

Nikos continua de scruter son profil, songeur. Une question hantait son esprit mais il était incapable de la formuler clairement. Elle rôdait à la lisière de sa conscience, toute proche mais insaisissable. Elle le taraudait, lui donnait envie de…

De quoi, au juste ? Même cela, il l'ignorait.

Tout ce qu'il savait, c'était que Mel Cooper était la raison de cette question — et qu'elle en détenait probablement aussi la réponse.

Avec un soupir d'aise, Mel s'enfonça dans la banquette de cuir de la limousine et renversa la tête en arrière.

— Je peux affirmer sans crainte de me tromper que c'était la meilleure soirée de ma vie entière.

Nikos, assis à côté d'elle derrière le chauffeur, tourna vers elle un sourire amusé.

— Je suis ravi que vous ayez passé un si bon moment.

Leurs regards se rencontrèrent. Malgré la pénombre de l'habitacle, elle lut sur le visage de Nikos une expression qui lui donna en partie envie de s'enfuir, parce que c'était la réaction raisonnable, et en partie envie de se pencher vers lui, parce qu'elle avait terriblement envie de l'embrasser.

Tentée de détourner les yeux sous l'effet de ces émotions contradictoires, elle se força à ne pas bouger. La soirée touchait à sa fin. Autant profiter au maximum du peu de temps qui lui restait. Autant se repaître de Nikos. Mel sentait le vin qu'elle avait bu lui échauffer les tempes, mais elle n'en avait cure. La seule chose qui comptait, c'était l'instant présent.

— Quand je pense aux trésors de persuasion que j'ai dû déployer pour vous convaincre de venir, reprit-il en riant.

Sa remarque eut le mérite de dégriser Mel. Elle avait failli oublier pourquoi Nikos lui avait demandé de l'accompagner. Et ce n'était pas parce qu'elle lui plaisait, mais parce qu'il voulait repousser les attentions un peu trop insistantes d'une autre femme. Oui, il était important de se le rappeler, surtout seule avec lui à l'arrière d'une limousine, alors qu'ils étaient séparés du chauffeur par une paroi hermétique.

— Vous croyez que Fiona a compris le message ? Qu'elle va vous laisser tranquille ?

Nikos laissa échapper un rire sourd.

— J'espère que oui. Je pense qu'il y a des chances, depuis que vous lui avez présenté Sven.

A son tour, Mel se mit à rire.

— Il ne s'appelle pas Sven mais Magnus. Peu importe son nom, d'ailleurs. Ce qui compte, c'est que c'est un Viking très séduisant et qui dirige une importante société de télécoms en Scandinavie, chose qui devrait le rendre éminemment désirable aux yeux de Fiona.

— Espérons que *lui* la trouvera à son goût, maugréa Nikos. Parce que c'est vous qui l'intéressiez, au départ.

Mel s'était absentée un instant au cours du dîner pour se repoudrer le nez, et Nikos s'était hérissé en la voyant revenir vers leur table en compagnie du séduisant Viking en question. Ce n'était que lorsqu'elle avait présenté le Viking à Fiona, et qu'il avait compris sa manœuvre, qu'il s'était détendu.

— Je suis sûr qu'ils vont très bien s'entendre, dit Mel. Je dois avouer que j'avais un peu pitié de Fiona. Elle avait besoin d'un prix de consolation.

— C'était bien joué. Je vous en suis très reconnaissant, croyez-moi…

La voix de Nikos s'était faite plus grave. Elle résonna en Mel, qui eut soudain du mal à respirer. Le regard du Grec la paralysait, la maintenait prisonnière d'un étau invisible. Elle ne pouvait que le fixer, elle aussi, tétanisée, le souffle suspendu.

Puis elle se rendit compte que quelque chose avait changé. La voiture, comprit-elle, s'était arrêtée. Avec un sursaut, Mel retrouva sa liberté de mouvement et regarda par la fenêtre. Ils étaient garés le long du trottoir devant Chez Sarrie.

— Nous… nous sommes arrivés, bredouilla-t-elle.

Voilà, elle n'avait plus qu'à descendre, lui serrer la main et reprendre le cours de sa vie. La soirée était finie, tout comme le bout de chemin qu'elle avait parcouru avec cet homme.

Un terrible sentiment de déception lui étreignit

le cœur. Leur chauffeur avait déjà mis pied à terre pour lui ouvrir la porte. Elle rassembla les pans de sa robe, frissonnant lorsque l'air frais de la nuit mordit ses épaules nues. Mel avait conscience que l'alcool exacerbait son dépit et exagérait ses réactions, mais cette lucidité n'atténuait en rien son abattement.

Nikos descendit à son tour. D'un signe de tête, il demanda à son chauffeur de remonter en voiture pour l'attendre au volant.

— Eh bien… merci pour cette merveilleuse soirée, déclara Mel avec son plus beau sourire. J'ai passé un excellent moment. Avec un peu de chance, Fiona arrêtera de vous harceler.

Plus que quelques secondes, songea-t-elle. Plus que quelques secondes et Nikos s'éloignerait, remonterait dans sa limousine et disparaîtrait à tout jamais. Il regagnerait son luxueux appartement, sa vie de milliardaire où le champagne coulait à flots et où tout se payait en billets de cinquante. Elle se remettrait pour sa part à faire des sandwichs, jusqu'au jour proche où elle pourrait enfin s'offrir un billet d'avion soldé, direction la *costa* espagnole.

Elle attendit le petit tressaillement d'excitation qui accompagnait toujours cette idée mais il ne vint pas. A sa place, une nouvelle vague de consternation la balaya. Comment une perspective qui lui avait paru si excitante pendant de longues années avait-elle perdu tout intérêt en quelques heures à peine ?

Il y a quelques heures, tu n'avais pas encore passé la soirée avec Nikos Parakis !

Avait-elle laissé échapper un soupir ? Elle n'en était pas sûre, mais Nikos la regardait d'un drôle d'air. Elle se força à tendre la main vers lui.

— Merci, répéta-t-elle. Et bonne nuit.

Elle sentit qu'il lui prenait la main et elle imprima

à son bras le léger mouvement de balancier qui scellerait leurs adieux.

Tu t'es bien amusée, mais c'est fini. Accepte-le gracieusement et rentre dans le magasin.

A son grand dam, ses pieds refusèrent de bouger.

Maintenant ! Et arrête de le regarder !

Cette soirée n'avait jamais eu le moindre sous-entendu romantique, se rappela-t-elle. Elle lui avait rendu service, point. Il était grand temps de reprendre le cours de sa vie normale.

Encore un peu, juste quelques secondes...

Elle avait la sensation que son sang rugissait à ses oreilles, le parfum de Nikos se mêlait aux odeurs de la ville et à l'air frais de la nuit en un cocktail étourdissant. Ses yeux caressèrent les traits du Grec — pour la dernière fois, se promit-elle.

Bon sang, pourquoi restait-elle là plantée comme une cruche au lieu de tourner les talons ? Combien de temps durerait cette poignée de main ? Et pourquoi avait-elle l'impression que Nikos se rapprochait ?

Elle réalisa alors qu'il ne s'agissait pas d'une impression. Il avait refermé son autre main sur la sienne et l'attirait doucement à lui.

— C'est moi qui vous remercie pour cette soirée, dit-il enfin. Je vous dois une fière chandelle.

Sa voix était rauque et sensuelle. Elle était si lourde de sens qu'elle effaçait totalement les mots qu'il venait de prononcer et les révélait pour ce qu'ils étaient : des paroles sans importance. L'essentiel était ailleurs, dans les promesses de son regard, dans la pression plus intense de ses mains sur les siennes.

Mel vacilla légèrement. Elle avait envie de s'abandonner, de prendre appui de tout son poids sur le mur de muscles qui se dressait devant elle, intimidant et rassurant. Elle voulait déployer ses doigts sur cette mâchoire carrée, sentir son début de barbe lui égratigner la paume.

L'intensité de son désir pour cet homme l'affolait. Elle voulut fuir mais tout son être continuait de la pousser vers l'avant, lentement, inexorablement.

Arrête ! Ressaisis-toi avant qu'il ne soit trop tard !

Cela faisait tellement longtemps qu'elle n'avait pas embrassé un homme… Jak était parti en Afrique trois ans auparavant, et les rares rendez-vous galants qu'elle avait eus après lui n'étaient jamais allés aussi loin. Alors comment résister à la tentation que représentait Nikos Parakis, l'homme le plus séduisant qu'elle ait jamais rencontré ? *Pourquoi* y résister ?

Comme s'il avait entendu l'appel muet de ses sens, il se pencha vers elle et posa ses lèvres sur les siennes. Avec un gémissement, Mel s'abandonna contre son torse et se blottit dans le cercle de ses bras. Ses doigts relâchèrent leur étreinte sur son sac à main, qui tomba au sol avec un bruit mou. Elle s'en moquait, car elle était à présent libre de caresser ses larges épaules, son cou, son visage, pendant que leurs langues et leurs souffles s'entremêlaient.

Combien de temps dura leur baiser ? Elle n'aurait su le dire. Les secondes, les minutes n'avaient plus de sens dans la bulle à l'écart du monde qui s'était refermée sur eux. Puis il la relâcha et la dévisagea en silence, un silence magique qui semblait peser sur toute la ville. L'expression de Nikos était indéchiffrable, ses pupilles, emplies de tourbillons lointains comme des galaxies.

Le bruit d'une voiture qui passait ramena Mel à la réalité. D'un geste nerveux, elle se baissa pour ramasser son sac, se força à l'ouvrir pour en tirer ses clés. Puis elle pivota et déverrouilla en tremblant la porte du magasin. Elle fit un pas à l'intérieur avant de se retourner.

Nikos n'avait pas bougé. Debout dans la nuit, il la dévisageait du même air énigmatique. Derrière lui, sa limousine attendait tel un fauve noir tapi le long du trottoir, ronronnant doucement.

— Bonne nuit, murmura-t-elle.

Sans attendre sa réponse, elle claqua la porte et courut se réfugier dans le réduit qui lui servait de chambre. Cette fois, son conte de fées était bel et bien terminé.

Nikos fixa un long moment la porte fermée de la boutique avant d'arracher une longue goulée d'air froid à la nuit. A son tour, il se retourna, regagna sa voiture et reprit place sur la banquette arrière. Quelque chose lui disait qu'il commettait une grave erreur, mais laquelle ?

Comme promis, il avait ramené Mel Cooper chez elle. D'accord, il l'avait embrassée, ce qui ne faisait pas partie de ses prévisions. Il n'avait pas pu s'en empêcher. Mais il s'était ressaisi juste à temps et n'avait pas commis l'irréparable. En gentleman, il repartait sans abuser de sa vulnérabilité.

Non, songea-t-il comme sa limousine s'éloignait de ce magasin qu'il ne reverrait plus, il ne voyait pas quelle erreur il avait pu commettre.

5.

Etouffant un bâillement, Mel mit en marche la machine à café et commença les préparatifs qui constituaient sa routine matinale des derniers mois. Elle n'avait pas vraiment la tête au travail… La soirée de la veille se rejouait dans son esprit, encore et encore, jusqu'à son apothéose — le baiser de Nikos sur le trottoir.

Elle secoua la tête comme pour chasser un insecte importun. Après trois ans de célibat forcé, il n'était pas étonnant qu'elle eût réagi si intensément à ce baiser, surtout entre les bras d'un expert tel que Nikos Parakis.

Un sourire narquois glissa sur ses lèvres. Cette expertise, il l'avait acquise avec des dizaines, peut-être même des centaines d'autres femmes. C'était visiblement un don juan qui ne cherchait pas de relations sérieuses.

D'une certaine façon, Mel le comprenait. Elle venait de retrouver sa liberté et elle avait la ferme intention d'en profiter. Elle aussi comptait virevolter d'une relation à l'autre, séduire sans se soucier du lendemain, aller là où le vent l'emportait…

Son sourire se transforma en grimace. Avec plus de vigueur que nécessaire, elle referma le four et l'alluma pour faire chauffer des croissants. Nikos ne figurait pas dans son avenir, c'était certain. A l'exception de ce baiser inattendu, il n'avait pas indiqué le moindre désir de la revoir.

Elle ouvrit le réfrigérateur pour y prendre du beurre mais se figea brusquement. Et si le baiser avait été un message ? Une façon de lui dire qu'il voulait davantage ? Elle ferma les yeux pour revivre une nouvelle fois la scène, dans l'espoir d'y trouver un indice qui lui aurait échappé. Lorsque les lèvres de Nikos avaient abandonné les siennes, elle avait cru lire dans son regard un message muet. Mais lequel ?

Avec un soupir de frustration, elle posa le beurre sur son plan de travail devant une montagne de baguettes. A quoi bon se torturer ? Nikos était sorti de sa vie de manière aussi brutale qu'il y était entré. Elle ne le reverrait plus. Ce baiser n'avait été qu'un amuse-bouche, une simple mise en appétit avant la nouvelle vie qui l'attendait.

Pour le moment, songea-t-elle en s'armant d'un couteau, elle avait du pain sur la planche — au sens propre du terme !

Nikos courait à un rythme soutenu. Mais l'effort n'était pas assez intense pour lui vider la tête. Il monta la vitesse d'un cran sur son tapis d'entraînement et serra les dents, déroulant ses longues jambes pour accélérer. Malgré cela, les souvenirs de sa soirée avec Mel le poursuivaient avec acharnement.

En particulier, le moment où il l'avait embrassée…

Il lui semblait encore percevoir son parfum, tel un écho lointain. Il se rappelait la douceur de ses lèvres, le soyeux de sa peau. Pourtant, une semaine s'était écoulée depuis cette nuit-là. Il était désormais à Athènes, à des milliers de kilomètres. Mais la distance n'apaisait pas son trouble. Il songea à ce qu'il regrettait désormais de ne pas lui avoir murmuré après leur baiser…

Pourquoi en rester là ? Venez chez moi. Je ne veux pas que cette soirée s'arrête.

Lorsqu'ils s'étaient séparés, lorsqu'elle avait levé vers lui son visage si pur, si confiant, les mots ne lui étaient pas venus.

Nikos savait pourtant pourquoi il s'était tu. Il avait un code moral. L'inviter à rentrer chez lui aurait été injuste. Il la connaissait à peine et elle n'était pas le genre de fille à coucher avec le premier venu — peut-être se serait-elle imaginé une grande romance entre eux… Et il n'avait rien d'autre à lui offrir qu'une nuit de passion.

Il n'était pas de ces hommes qui prenaient plaisir à séduire une femme pour mieux l'abandonner. Au contraire, il veillait à dissiper toute ambiguïté avec ses maîtresses. Dès le départ, il leur indiquait clairement les termes du contrat — une nuit, parfois plus, mais jamais rien de durable. Les meilleures relations étaient celles qui ne s'éternisaient pas, il était bien placé pour le savoir. Ceux qui ignoraient ce précepte en payaient le prix.

Et leurs enfants aussi. *Surtout* leurs enfants.

Sa mâchoire se crispa et il accéléra encore l'allure malgré la sueur qui ruisselait dans ses yeux. C'était exactement ce qui était arrivé à ses parents, prisonniers d'une relation qu'ils se refusaient à rompre. Nikos avait assisté au naufrage de leur couple dès son plus jeune âge. Aujourd'hui encore, à chaque fois qu'il les voyait, ils se déchiraient comme deux bêtes blessées enfermées dans la même cage.

Pourquoi n'avaient-ils pas divorcé des années plus tôt ? Nikos leur avait posé la question et tous deux avaient répondu avec une unanimité rare : « C'est pour toi que nous sommes restés ensemble. Pour que tu puisses grandir dans une famille normale. »

Une famille *normale*, ses parents et lui ? C'en était presque risible. Nikos n'avait été que trop heureux, sa majorité atteinte, de partir faire ses études aux Etats-Unis. Et, quand il était revenu travailler pour l'entreprise familiale, la première chose qu'il avait faite avait été d'acheter son propre appartement.

Cela ne l'empêchait pas de se trouver régulièrement pris dans le feu croisé qui caractérisait le mariage de ses parents. Il ne les écoutait même plus. Mais il en avait tiré une leçon précieuse. Il ne sortait qu'avec des femmes qui ne seraient jamais comme sa mère, qui ne feraient jamais de lui l'homme qu'était devenu son père. En d'autres termes, des femmes qui comprenaient que toutes les bonnes choses avaient une fin.

Mel aurait-elle accepté une relation éphémère ? Aurait-elle compris ? Il l'ignorait, et c'était la raison pour laquelle il n'avait pas voulu prendre de risque.

Le tapis de course atteignit la fin de son programme et ralentit. Haletant, Nikos se dirigea vers ses haltères. Mais la punition qu'il infligea à son corps ne parvint pas à lui faire oublier leur baiser. Mel le hantait où qu'il aille et quoi qu'il fasse.

De retour à son bureau, il décida de s'immerger dans son travail. *Surtout, ne pas laisser son esprit dériver…* Il consulta son agenda — il était plein pour la journée. Tant mieux. Et les jours suivants s'annonçaient tout aussi chargés. Il était attendu le lendemain à Genève, le jour d'après à Francfort. Puis il était censé faire une intervention devant une assemblée de banquiers à… Où, déjà ? New York ? Atlanta ? Toronto ? Il se rappelait seulement que c'était loin.

Un clic de souris afficha sa destination. Les Bermudes. Un paradis tropical et fiscal à deux heures de la côte

Est des Etats-Unis où il s'était déjà rendu pour affaires, toujours seul. C'était pourtant l'endroit rêvé pour une escapade sensuelle et romantique…

L'idée germa dans son esprit avant même qu'il puisse la réprimer. Il tenta de la déraciner, en vain. Elle était là, impossible à ignorer, tel un arbre au beau milieu d'une plaine.

Il se força à énumérer toutes les raisons de la repousser — l'argumentaire qui l'avait dissuadé de passer la nuit avec Mel quelque temps auparavant n'avait pas changé. Mais, cette fois, une voix insidieuse et tentatrice souffla plus fort que sa raison…

Elle meurt d'envie de voyager, n'importe où dans le monde. Quel meilleur endroit que les Bermudes ? Ce n'est pas une destination où elle se rendrait seule, ne serait-ce que pour des raisons financières. Mais avec moi ce sera parfait. Je lui ferai découvrir le pays et elle n'aura pas à dépenser un centime.

Oui, c'était une idée brillante — absolument brillante. Maintenant qu'il l'avait en tête, il ne pouvait plus l'en déloger.

Il se tourna pour laisser son regard s'évader par la fenêtre. Qui lui disait que Mel cherchait une relation durable, après tout ? Le mieux n'était-il pas de lui poser directement la question ? Si elle comptait faire le tour du monde, c'était sans doute qu'elle n'était pas à la recherche du prince charmant.

Mais une sueur froide lui baigna soudain le front. Quand avait-elle dit qu'elle partait ? Pour ce qu'il en savait, elle était peut-être déjà en Espagne. Cette perspective lui fit l'effet d'un coup de poing au creux de l'estomac. Si elle était partie, comment ferait-il pour la retrouver ?

Sans réfléchir, il décrocha son téléphone et composa le numéro de sa secrétaire. Un sentiment proche de la panique l'animait à l'idée de ne plus jamais revoir Mel, ses yeux pétillants d'intelligence, sa bouche sensuelle. A l'idée de ne plus jamais sentir le velours de ses lèvres sous les siennes… Non, il ne la laisserait pas disparaître de sa vie sans tenter sa chance.

Sa secrétaire répondit aussitôt. Avec une fébrilité dont il n'était pas coutumier, il donna ses ordres.

— Annulez Genève et Francfort. Et réservez-moi une place sur le premier vol pour Londres.

— Sarrie, voici les comptes correspondant à la période où tu étais absent. Comme tu le verras, les résultats sont bons. J'ai fait quelques ajustements, comme d'ajouter de nouvelles recettes qui semblent très appréciées. Notamment des salades pour les clients qui font attention à leur ligne.

Mel se rappela soudain les termes pompeux qu'elle avait utilisés pour décrire son travail de serveuse, le soir où elle était sortie avec Nikos, et faillit sourire.

Mais elle n'avait pas le droit de penser à lui, ni à cette nuit merveilleuse sous les ors du Viscari St James. Et surtout pas à leur baiser d'adieu devant la boutique.

A la même heure, demain, tu seras en Espagne. Si tu as besoin d'une aventure, tu trouveras tout ce qu'il faut sur place ! Et tu oublieras enfin Nikos Parakis.

Du moins, elle l'espérait. Parce que, jusqu'à présent, elle ne faisait que penser à lui. Quand elle avait plié sa robe de soirée, elle s'était remémoré la façon dont il l'avait regardée lorsqu'elle était arrivée à l'hôtel, le sourire qu'il lui avait adressé…

Arrête. C'est fini. Il est sorti de ta vie et tu ne le reverras jamais.

Oui, voilà ce dont elle devait se souvenir.

Pas de la façon dont il t'a embrassée. Pas de la force de ses bras ou de la douceur de ses lèvres...

Et surtout elle ne devait pas fantasmer sur ce qui se serait passé s'il n'avait pas tourné les talons, s'il lui avait demandé de prolonger cette soirée. Il ne l'avait *pas* fait, voilà ce qui comptait. Il était temps de regarder vers l'avenir — et, l'avenir, c'était une planète tout entière qui s'offrait à son appétit de découverte.

Elle entendit la porte du magasin s'ouvrir et abandonna Sarrie à sa comptabilité dans l'arrière-salle pour aller servir leur nouveau client. Mais elle se figea sitôt qu'elle émergea dans la boutique.

— Bonjour, Mel, fit Nikos Parakis.

Une vague d'émotion la submergea. Elle était sur le point de partir en Espagne et d'oublier Nikos, et voilà qu'il resurgissait dans sa vie au moment où elle s'y attendait le moins. Une partie d'elle-même lui en voulut presque.

Mais son ressentiment ne dura pas, balayé par une bouffée de joie. Le Grec se tenait là, à un mètre d'elle à peine, aussi séduisant que dans son souvenir. Même dans ses rêves les plus fous, elle n'avait pas exagéré sa beauté. Son regard noir et or, frangé de cils immenses, la caressa telle une brise tiède.

— Nikos...

— En personne. Je suis ravi de vous trouver encore ici.

— Oui, c'est une chance. Je... Je pars demain.

Son cœur s'était mis à battre et — pour se donner une contenance — Mel souffla sur une mèche rebelle qui lui chatouillait le front. La température avait-elle augmenté, dans la boutique, ou était-ce un effet de son imagination ?

Il sourit, comme s'il avait conscience de son trouble. Mel ne put s'empêcher d'admirer la coupe impeccable de son costume, la blancheur immaculée de sa chemise, la boucle d'argent de la ceinture qui soulignait ses hanches. Il semblait tout droit sorti des pages d'un magazine de mode et détonnait de manière presque comique dans la boutique sans charme de Sarrie. L'aura de séduction qui émanait de lui semblait faire vibrer l'atmosphère.

— Dans ce cas, reprit-il d'une voix veloutée, je suis arrivé à temps.

— A temps pour quoi ?

— Pour vous demander quelque chose.

Une expression que Mel peinait à déchiffrer flottait sur son visage. Il avait presque l'air... *soulagé.* Que venait-il faire ici ? Que lui voulait-il, au juste ? Peu importait, décida-t-elle — le simple fait de le voir, de pouvoir le regarder était déjà une raison suffisante pour se réjouir.

— Je vous écoute, répondit-elle machinalement.

Nikos s'éclaircit la gorge, puis se pencha légèrement vers elle par-dessus le comptoir.

— Est-ce que vous envisageriez de... faire un détour avant de partir en Espagne ?

Nikos avait formulé la question d'une voix rauque — il se sentait soudain fébrile. De fait, la réponse de Mel ne serait pas anodine. Pour lui proposer ce projet fou, il avait annulé tous ses rendez-vous et bouleversé ses projets. Et, dans l'espoir qu'elle accepte, il avait sauté dans un taxi à Heathrow comme un possédé, sans même prendre la peine de passer à son appartement.

Il avait ressenti un véritable choc quand il avait revu Mel. Accepterait-elle son offre de passer quelques semaines avec lui avant de partir faire son tour du monde ? Il était presque effaré par la violence avec laquelle il l'espérait. Si elle refusait... Non, il préférait ne pas y penser.

Mel le dévisageait en silence et il ne put retenir un frisson d'inquiétude. Etait-ce de la méfiance qu'il lisait dans ses yeux ?

— Je… je dois avouer que je ne comprends pas, répondit-elle enfin.

— Je suis l'un des intervenants d'une conférence aux Bermudes la semaine prochaine, expliqua-t-il. Je me demandais… si ça vous plairait de venir avec moi.

La jeune femme se figea, puis un sourire narquois apparut sur ses lèvres.

— Ne me dites pas que Fiona se rend à cette conférence, elle aussi ?

Aussitôt, il secoua la tête.

— Non. Cette invitation n'a rien à voir avec Fiona, je vous l'assure. C'est juste entre vous et moi.

— Pourquoi ? demanda Mel sans se départir d'une expression presque belliqueuse qui rappelait à Nikos leur première rencontre, et renforça encore son désir de l'emmener.

— Pourquoi ? répéta-t-il. C'est très simple. Parce que je n'arrête pas de penser à vous. Un baiser ne m'a pas suffi. Alors, c'est oui ?

Il pouvait presque l'*entendre* penser, tant elle semblait se concentrer sur sa requête. Ses émotions — méfiance, surprise, plaisir — défilaient sur son visage comme sur un écran de cinéma. Il s'émerveilla une nouvelle fois de sa spontanéité et de sa fraîcheur.

— Excusez-moi, mais c'est un peu soudain… Vous voulez m'emmener aux Bermudes ? Juste comme ça, sur un coup de tête ?

Nikos prit une profonde inspiration, puis se força à aborder les termes du contrat. Il tenait à se montrer honnête avec elle, quitte à la décourager.

— Des vacances, Mel, voilà ce que je vous propose. Quelques semaines au soleil sur une île merveilleuse qui, j'en suis sûr, ne figurait pas sur votre itinéraire. Croyez-moi, vous serez ravie. Il y a beaucoup de choses à faire et à voir, aux Bermudes.

Elle garda le silence, les lèvres pincées comme pour se retenir de parler. Nikos décida de jouer cartes sur table.

— Ecoutez, il est inutile de nier qu'il s'est passé quelque chose entre nous. Vous le savez aussi bien que moi. Passons donc un peu de temps ensemble, après quoi…

Il hésita, puis conclut :

— Après quoi nous reprendrons nos routes respectives. Vous, vous retournerez à votre tour du monde, et moi… à ma banque. Je ne vous offre rien de plus. Et rien de moins.

Nikos la vit réfléchir à son offre, sa jolie bouche plissée en une moue adorable. Il s'en voulait d'avoir formulé les choses en termes aussi crus, mais il ne voulait pas risquer la moindre incompréhension entre eux. Si Mel acceptait de le suivre, elle le ferait en toute connaissance de cause — et il ne pourrait pas être accusé de l'avoir manipulée.

Les secondes passèrent sans qu'elle ne prononce un mot. Ses yeux bleus étaient posés sur lui mais ne semblaient pas le voir, comme si elle absorbait encore ce qu'il venait de lui dire. Nikos prit sur lui et s'efforça de garder un air confiant et tranquille — mais il commençait à bouillonner intérieurement.

Enfin, elle tressaillit et le transperça du regard.

— Nikos… J'ai passé l'une des meilleures soirées de ma vie, et c'est grâce à vous. Comme vous le voyez, je ne le nie pas. Je mentirais aussi si j'affirmais ne pas avoir apprécié ce baiser. Si c'était une discipline olympique, je vous donnerais une médaille d'or. Mais je devrais refuser votre offre. C'est le choix de la raison. Je devrais vous répondre « non merci » et partir en Espagne comme prévu.

— Et c'est ce que vous allez faire ? Refuser ?

Mel se mordit la lèvre, en proie à un véritable combat intérieur. Même si cette proposition était aussi romanesque que tentante, sa raison lui criait de refuser. N'avait-elle pas chèrement gagné son indépendance — et rêvé de longues années de faire ce voyage autour du monde ? Pouvait-elle se permettre de le faire passer au second plan ?

Et pourtant une petite voix douce lui murmurait un air contraire… *Allons, tu ne crois pas que tu mérites de t'amuser un peu ? Tu as vécu trois ans comme une nonne. Et il t'offre exactement ce que tu recherches : une relation sans lendemain, sans conditions, sur une île tropicale. Quelques semaines au soleil pour purger ce désir qui vous torture tous les deux. Si tu refuses, tu le regretteras à tout jamais.*

Mel dévisagea Nikos et vit l'étincelle d'excitation qui pétillait dans ses yeux. Il savait qu'au fond elle avait déjà pris sa décision. Elle se rappela avoir comparé leur soirée à un amuse-bouche — l'escapade tropicale qu'il lui offrait constituerait donc une entrée de choix pour sa nouvelle vie. Le reste du menu, elle le déciderait plus tard.

Et puis les lois de la physique lui dictèrent d'accepter. Puisqu'il était irrésistible, pourquoi lui résister ?

— Quand partons-nous ? demanda-t-elle en affichant un sourire resplendissant.

6.

— Je les vois ! s'exclama Mel, au comble de l'exaltation. Je vois les Bermudes !

Nikos se pencha pour regarder par le hublot et sourit.

— En effet. Nous sommes presque arrivés.

Le bleu cobalt de la mer vira au turquoise à mesure qu'ils approchaient de la côte. La transparence de l'eau permit bientôt à Mel de discerner une barrière de corail au-delà de laquelle les flots changeaient une nouvelle fois de couleur pour devenir vert pastel. C'était un spectacle magique.

Etait-elle en train de rêver ? Etait-ce bien l'Atlantique qui déroulait ses vagues couronnées d'écume à quelques centaines de mètres sous ses pieds ?

Le matin même, elle s'était réveillée dans la grisaille de Londres. Et voilà qu'elle descendait maintenant vers une île de rêve, un paradis luxuriant entouré de toutes parts par l'océan. Ils étaient si proches qu'elle discernait des palmiers, des maisons de bois. La piste apparut à son tour et l'appareil se posa en douceur.

— Nous sommes arrivés !

Nikos se mit à rire. Elle faisait montre d'un enthousiasme tout à fait enfantin mais, à vrai dire, il n'était pas loin de ressentir la même excitation. Il avait réussi à convaincre la plus belle fille du monde de partir en vacances avec lui, et les deux semaines à venir s'annonçaient radieuses. Il ne s'était pas senti aussi détendu depuis une éternité.

Ils débarquèrent les premiers et passèrent la douane sans attendre — l'un des avantages de voyager en première classe.

— C'est très anglais, observa Mel, fascinée par un portrait de la reine d'Angleterre sur l'un des murs du terminal.

— Les Bermudes sont un territoire d'outre-mer anglais, expliqua-t-il. Le poste le plus avancé de l'Empire… Mais de nos jours la plupart des visiteurs sont américains. New York n'est qu'à deux heures d'avion, ce qui fait de l'île une destination appréciée pour le week-end.

Une voiture avec chauffeur les attendait devant l'aéroport. Mel passa le trajet le nez collé à la vitre, admirant le paysage qui défilait pendant qu'ils traversaient l'île en direction du sud.

— Nous atteindrons l'hôtel dans une quarantaine de minutes, l'informa Nikos. De là, nous devrions assister à un magnifique coucher de soleil. L'hôtel donne directement sur la plage.

Il songea à la soirée qui s'annonçait. Avec le décalage horaire, Mel souhaiterait sans doute se coucher tôt. Il lui avait réservé une suite mitoyenne de la sienne pour ne pas lui donner l'impression de lui forcer la main, une précaution dont il se félicitait. Il lui faudrait peut-être quelques jours avant d'accepter de partager son lit…

Il reprit son laïus de guide touristique :

— La ville que nous dépassons en ce moment est la capitale, Hamilton. La capitale originale s'appelait St George, nous la visiterons aussi. C'est l'une des plus vieilles implantations européennes du Nouveau Monde. Vous verrez que l'île n'est pas très grande mais il y a beaucoup de jardins botaniques et même une agriculture florissante. Croyez-le ou non, mais les Bermudes sont célèbres pour leurs oignons !

Mel se mit à rire, ravie.

— Tout est tellement pittoresque, s'exclama-t-elle, fascinée par les maisons couleur pastel enchâssées dans leurs jardins verdoyants. Les bâtiments ont un drôle de toit, très incliné.

— C'est pour guider l'eau de pluie et la collecter dans des bassins de rétention souterrains. Il n'y a pas de rivière aux Bermudes. C'est une île volcanique, les grands ports à l'ouest sont d'ailleurs situés dans une caldera. L'eau de pluie est donc vitale.

Mel se rappela soudain une information qu'elle avait lue dans son guide, acheté en hâte à l'aéroport.

— Shakespeare se serait inspiré des Bermudes pour décrire l'île magique dans *La Tempête.*

— C'est possible. Elles étaient déjà connues des Européens, et St George a été fondée au début du XVIIe siècle. Il en aurait entendu parler par des marins revenus de voyage. Il était particulièrement périlleux de naviguer dans les environs, à l'époque, à cause des récifs de corail.

Puis Nikos leva un sourcil et demanda :

— En parlant de récifs de corail, ça vous dirait, de faire de la plongée ?

— Cela serait possible ? demanda Mel, les yeux ronds de convoitise.

— Mel, nous pouvons faire absolument tout ce que nous voulons. Nous sommes là pour prendre du bon temps, et je veux que vous rapportiez de ce séjour des souvenirs inoubliables.

La jeune femme lui adressa un sourire de gratitude

qui fit naître en Nikos une étrange émotion. Curieux, il essaya de l'identifier. C'était comme… une sensation de paix, de bien-être, mêlée au désir qu'elle éveillait en lui.

Il lui effleura furtivement la main, avant de se tourner à son tour vers la fenêtre. Oui, décidément, inviter l'ombrageuse Mel Cooper aux Bermudes était sa meilleure idée depuis longtemps…

— Oh ! c'est merveilleux !

Mel regardait autour d'elle avec ravissement. Le soleil scintillait sur l'azur des flots et baignait la terrasse où le petit déjeuner était servi. Derrière les grands parasols qui abritaient les tables, des palmiers immenses se balançaient doucement dans la brise. Mel avait passé une excellente nuit, bercée par le murmure du ressac.

Les Bermudes, la plage, l'océan, les fleurs exotiques qui retombaient en cascade sur des murets de pierre et, au loin, la piscine de marbre que l'on distinguait, tout était bien réel. Elle n'était pas en train de rêver, ou d'admirer la brochure d'une agence de voyages de luxe.

L'homme qui se tenait près d'elle, les cheveux emmêlés par la brise, était tout aussi réel, et une bouffée de joie l'envahit. Elle se tourna vers Nikos pour lui adresser un sourire extatique.

— C'est fantastique ! s'exclama-t-elle. J'ai envie de me pincer.

— Rassurez-vous, répondit-il en l'observant avec un air attendri. Vous ne rêvez pas.

La jeune femme avait attaché ses longs cheveux blonds à l'aide d'un foulard mais la brise faisait danser quelques mèches folles autour de son visage.

Ses yeux, sous le soleil des Bermudes, étaient d'un bleu intense qui défiait celui de l'océan. Elle était si belle que Nikos avait du mal à respirer.

Elle avait raison : perché sur un promontoire dominant la barrière de corail, l'hôtel était incroyablement romantique. Ses chambres de plain-pied donnaient toutes sur la mer.

— C'est ici que doit se tenir votre conférence ? s'enquit Mel.

Nikos secoua la tête, tout en se penchant pour prendre le pichet de jus d'orange frais qu'un serveur venait de déposer sur leur table.

— Non. Elle a lieu dans un grand hôtel non loin de l'aéroport. Je prendrai un taxi pour m'y rendre. Vous voulez venir ?

— Je ne manquerais ça pour rien au monde, répondit Mel d'un air malicieux. Une occasion unique de vous voir dans votre environnement naturel…

Nikos fit la grimace.

— Vous croyez vraiment que c'est mon environnement naturel ?

— Je ne sais pas. Je ne vous connais pas vraiment, après tout.

La voix de Mel s'était assourdie, son expression s'était faite sérieuse. Voulait-elle *vraiment* connaître Nikos ? se demanda-t-elle. Etait-il important d'en savoir plus que ce qu'elle en savait déjà ? Nikos était un homme extraordinairement séduisant avec lequel elle passait de splendides vacances. Que demander de mieux ?

Du bout des doigts, il lui effleura la joue. C'était une caresse douce, rassurante.

— Nous allons nous découvrir l'un l'autre, déclara-t-il. Nous avons tout le temps pour ça.

Elle acquiesça, ses doutes balayés par la chaleur de son regard.

— Ce qui me fait penser, enchaîna Nikos après avoir avalé une gorgée de jus d'orange, que voulez-vous faire après le petit déjeuner ?

Mel n'hésita pas une seconde.

— Aller à la plage !

— Excellente idée. Nous y passerons la matinée. Peut-être même l'après-midi.

Sitôt qu'ils eurent terminé, ils regagnèrent leurs quartiers respectifs pour se changer. Mel était reconnaissante à Nikos d'avoir eu la délicatesse de lui réserver une chambre à part. Bien sûr, elle savait pertinemment qu'ils finiraient dans le même lit. Mais elle appréciait d'avoir le choix du moment. Partager une grande intimité avec lui dès leur arrivée aurait été trop déstabilisant.

La prochaine fois qu'il la prendrait dans ses bras, la prochaine fois que leurs lèvres se rencontreraient, Nikos ne s'arrêterait pas, songea-t-elle avec un frisson. Ils laisseraient la passion les consumer. Jusqu'au bout.

Mel secoua légèrement la tête pour chasser les visions qui troublaient son esprit. Chaque chose en son temps. Son programme des prochaines heures consistait à étrenner son maillot de bain tout neuf dans les eaux turquoise des Bermudes. Un frisson de ravissement lui courut sur la peau comme elle prenait conscience de l'endroit où elle se trouvait. Son environnement avait changé de manière si inattendue, si brutale, qu'elle avait encore du mal à s'y adapter.

En hâte, elle enfila son bikini et enroula un sarong semi-transparent autour de sa taille. Son sac de plage à l'épaule, elle sortit par sa terrasse. De là, il suffisait d'enjamber un muret de pierre pour passer sur celle de Nikos. Ce dernier l'attendait allongé sur un transat.

Il se leva en la voyant, et Mel s'arrêta de respirer. Un short de bain bleu cobalt soulignait ses hanches et ses cuisses musclées, un T-shirt au logo d'une marque de surf moulait chaque centimètre carré de son torse. Des lunettes de soleil dissimulaient son regard et accentuaient les angles de son visage, la force de sa mâchoire.

Il lui fallut quelques secondes pour se rendre compte qu'il la fixait, lui aussi. Même si elle ne voyait pas ses yeux derrière ses verres miroir, elle les sentait peser sur elle. Instantanément, les lois de l'attraction agirent sur son corps. Ses sens s'embrasèrent en quelques secondes. Il lui fallut faire un effort conscient pour ne pas avancer vers lui et se jeter à son cou.

Mel ferma les yeux un court instant, luttant de toutes ses forces contre cette pulsion. Enfin, un sourire vint adoucir le visage de son compagnon.

— Prête à paresser sur le sable ?

— Prête ! répondit Mel avec une légèreté un peu forcée.

Ils empruntèrent le chemin qui menait à la plage. Une rangée de chaises longues recouvertes d'épais matelas de mousse était disposée sur la plage privée de l'hôtel, abritée des ardeurs du soleil par une immense toile beige. Ils s'étaient à peine installés qu'un serveur parut pour leur proposer un rafraîchissement.

— Jus d'orange et eau minérale, s'il vous plaît, commanda Nikos.

Mel sourit et s'étira comme un chat, enveloppée d'un cocon d'air tiède. Devant elle, la mer déroulait un champ turquoise jusqu'à l'horizon. Le silence n'était troublé que par le murmure du ressac et le bruissement des palmes dans la brise.

— C'est le paradis, murmura-t-elle.

— Je ne vous le fais pas dire.

Presque d'elle-même, la main de Nikos franchit les quelques centimètres qui séparaient leurs transats pour prendre celle de Mel. Elle tourna la tête vers lui et lui adressa un sourire radieux. A son tour, il poussa un soupir de contentement et laissa son regard dériver vers l'horizon, net et tranchant comme une lame d'acier bleu. Il se sentait d'humeur paresseuse, un adjectif que personne ne lui aurait jamais associé — lui qui peinait en général à rester en place. Mais aujourd'hui il n'avait qu'une envie : rester là, avec Mel, et ne plus jamais bouger.

A part pour lui faire l'amour, bien sûr.

— C'est merveilleux, de n'avoir rien à faire, murmura-t-elle comme si elle avait lu dans ses pensées.

— C'est l'idée générale, quand on est en vacances, plaisanta Nikos.

— Justement, je ne suis pas habituée à prendre des vacances.

— Vraiment ?

— Hmm. Ça fait tellement longtemps que j'attends ce moment que tout me paraît irréel. Je me sens même vaguement coupable. J'ai l'impression que je devrais travailler.

Le regard de son compagnon, sous ses sourcils noirs, se fit plus grave.

— D'où vient cette drôle d'idée ?

— L'habitude, je suppose, répondit-elle d'un air songeur. Comme je vous l'ai dit, je ne suis pas habituée à avoir du temps libre.

— Si je me souviens bien, vous m'avez dit que vous travailliez le soir dans un restaurant après votre journée chez Sarrie ?

— C'est exact.

— Ce n'est pas très raisonnable, de se contraindre à tant d'efforts…

— Oh ! ce n'était pas une contrainte. Je travaillais pour financer mon tour du monde, pas pour survivre. Et ce n'était pas si difficile. J'ai passé des années à m'occuper de mon grand-père et, en comparaison, c'était vraiment…

Elle s'interrompit, se demandant comment décrire cette période de sa vie. Il n'y avait qu'un mot — un véritable *tourment*.

Oui, voir un homme qu'elle aimait partir petit à petit à la dérive, physiquement et psychologiquement, était une épreuve qu'elle ne souhaitait à personne.

Nikos la dévisageait d'un air curieux qui lui fit redouter d'en avoir trop dit.

— Votre grand-père était malade ? demanda-t-il d'un ton compatissant.

— Oui. Démence sénile.

— Ah. C'est très difficile à vivre pour les proches, en effet.

Mel acquiesça, une boule dans la gorge.

— D'autant que mon grand-père m'a élevée après le décès de mes parents. Ils sont morts dans un accident de voiture quand j'avais cinq ans. Il a pris soin de moi, jusqu'au jour où mon tour est venu de m'occuper de lui. Je lui devais bien ça.

Nikos se redressa sur un coude, le front barré d'une ride perplexe.

— Mais il devait bien y avoir quelqu'un pour vous assister, non ?

Mel sentit sa gorge se nouer davantage. Oui, elle avait eu de l'aide, du moins jusqu'à un certain point. Mais c'était un chapitre de sa vie si compliqué et difficile à expliquer… Elle ne souhaitait pas entrer dans les détails. Pourtant, une partie d'elle-même brûlait de se confier à lui, de briser les barreaux derrière lesquels la démence de son grand-père l'avait enfermée.

— Il ne voulait personne d'autre.

Sa voix était sourde, comme à chaque fois qu'elle évoquait ces souvenirs douloureux. Nikos hocha doucement la tête, attentif et compatissant.

— Il exigeait que je sois là en permanence. Le simple fait que je sorte de la pièce l'angoissait et il me suivait partout dans la maison. Il m'était très difficile de m'absenter. Et bien sûr les nuits étaient courtes. S'il se réveillait et qu'il ne me voyait pas, il m'appelait.

Parler était douloureux, mais Mel s'aperçut qu'elle ne pouvait plus s'arrêter. Car à la douleur succédait l'apaisement.

— J'étais son point de repère, la seule qu'il reconnaissait malgré la maladie. Il s'accrochait à moi comme à une bouée de sauvetage. J'ai bien essayé de faire venir des aides-soignantes mais il leur rendait la vie impossible. Il leur criait dessus, les insultait. Je me voyais mal le mettre dans une maison de retraite. Comment aurais-je pu, après ce qu'il avait fait pour moi ? J'étais l'unique personne au monde qu'il aimait. J'ai donc pris soin de lui jusqu'à la fin.

— Pendant combien de temps ? demanda Nikos, qui paraissait bouleversé.

— Trois ans. A la fin, il ne me reconnaissait plus. C'est terrible à dire mais… j'ai éprouvé du soulagement quand il est mort. J'en étais venue à souhaiter ce moment. Pour lui, mais aussi pour moi… Je… je savais que, la fin, ce serait aussi le début de ma liberté.

Mel ferma les yeux, luttant contre un accès de culpabilité familier. La maladie de son grand-père l'avait condamnée à une angoisse muette qu'elle n'avait, jusqu'à ce jour, jamais partagée avec quiconque. Il était étrange de se confier à un quasi-inconnu, mais elle en éprouva un immense bienfait.

Instinctivement, Nikos tendit la main pour reprendre

celle de Mel. D'une pression, il apaisa les tremblements convulsifs de ses doigts.

— Il a eu de la chance de vous avoir. Peu de gens auraient fait ce que vous avez fait pour lui. Vous n'avez rien à vous reprocher. Vous méritez votre liberté. Vous méritez des vacances extraordinaires, et je vais faire de mon mieux pour vous les offrir.

Mel laissa échapper un long soupir. Il lui semblait que la brise emportait à tout jamais ses soucis, sa culpabilité. C'était un sentiment merveilleux — et elle le devait à l'homme allongé près d'elle.

— Merci, murmura-t-elle.

Leurs regards se croisèrent longuement, puis Nikos prit l'air soudain enjoué :

— Ça vous plairait, de faire une excursion en bateau ?

Mel se détendit et saisit la perche qu'il lui tendait. Elle ne voulait plus penser à ces années difficiles. Son grand-père était dans un monde meilleur, du moins elle l'espérait. Quant à elle, elle était désormais libre de vivre sa vie comme elle l'entendait, sans le poids de responsabilités qu'une jeune femme de son âge n'était pas censée endosser.

— Oui, j'adorerais ça ! Je ne suis jamais montée sur un bateau.

— Jamais ? répéta Nikos, médusé.

— Non. Mon grand-père n'aimait pas l'eau. Le simple fait d'aller à la plage constituait déjà un effort pour lui quand j'étais gamine. Il restait assis sur le sable en pantalon et en chemise, patientant pendant que je construisais des châteaux de sable et que je me baignais dans les eaux glaciales de la Manche. Plus tard, adolescente, j'ai passé des heures à regarder la mer, à me demander ce qu'il y avait de l'autre côté. Maintenant, je sais ! Il y a les Bermudes !

— Et beaucoup d'autres choses, fit Nikos en riant. Mais vous avez bien le temps de les découvrir.

— Merci. Merci de m'avoir amenée dans ce paradis. Je m'en souviendrai toute ma vie.

Du bout des lèvres, le Grec déposa un baiser léger sur ses phalanges.

— Tout le plaisir est pour moi.

Mel sentit une bouffée de désir lui échauffer le ventre. Avec un petit rire, elle tira sur le nœud qui retenait son sarong et bondit sur ses pieds.

— Je meurs d'envie de me baigner. Le dernier à l'eau est une mauviette !

Elle traversa en courant les quelques mètres de sable chaud qui les séparaient de l'océan et s'enfonça dans l'eau cristalline, délicieusement tiède. Quelques secondes plus tard, elle entendit un plongeon sonore dans son dos, puis Nikos émergea près d'elle avec la grâce d'un dauphin.

— C'est merveilleux ! s'exclama Mel. Je n'ai jamais nagé dans une mer aussi chaude !

Nikos répondit d'un rire grave avant de plonger de nouveau. Mel le rejoignit et ne résista pas lorsqu'il l'attira contre lui pour déposer un baiser salé sur ses lèvres. Son torse sculptural ruisselait d'eau et il évoquait un dieu marin sorti des flots pour tenter les mortels.

Puis il la relâcha et s'éloigna vers le large à brasses puissantes. Leur baiser, fugace, ne voulait rien dire — et pourtant il révélait tout le sens de leur journée, de leurs vacances ensemble. Il semblait être l'expression pure de leur joie — un hommage à la nature qui les entourait, aux jours d'insouciance absolue qui les attendaient.

C'était donc ça, le bonheur, songea Mel. Et quelque chose lui soufflait que le meilleur était encore à venir…

*
* *

L'après-midi déroula ses heures lentes, gorgées de soleil et de farniente. Lorsque le soleil toucha l'horizon, Mel et Nikos reprirent le sentier qui menait à leurs chambres. Mel avait l'impression de flotter sur un petit nuage — elle ne se rappelait pas s'être sentie aussi détendue de sa vie entière.

— Vous êtes contente de ce premier jour ? s'enquit le Grec.

— Oh oui. C'était incroyable.

Et, si la journée touchait à sa fin, la soirée ne faisait que commencer…

Après s'être préparée dans la luxueuse salle de bains de sa suite, Mel se posta devant le miroir de sa chambre pour étudier la tenue qu'elle avait choisie pour le dîner. C'était une autre de ses trouvailles, une robe de coton vermillon sans manches qui descendait jusqu'aux chevilles. Le col était assez échancré pour suggérer un décolleté sans trop en faire. Elle avait choisi de ne pas attacher ses cheveux, retenus par un simple serre-tête qui les laissait retomber sur ses épaules. Elle s'était à peine maquillée — les couleurs qu'elle avait prises dans la journée, malgré une généreuse application de crème solaire, suffisaient largement.

Avec un sourire satisfait, elle passa la veste légère qui accompagnait la robe, glissa ses pieds dans des sandales ouvertes et prit son sac à main. Voilà, elle était prête. Prête pour la soirée qui s'annonçait, et la nuit qui suivrait.

Quand elle frappa à la porte de Nikos et qu'il lui ouvrit, elle vit au flamboiement de son regard que ses efforts avaient payé. Mel sentit son pouls s'accélérer comme elle l'étudiait à son tour. Il portait un pantalon de lin clair et un polo noir ouvert au col qui changeaient radicalement de ses costumes habituels. Il n'en était pas moins intimidant, pas moins attirant… loin s'en fallait.

Il la guida à travers la nuit chaude en direction du restaurant, le long d'un sentier bordé de lauriers-roses. Le parfum de Nikos, rehaussé d'une pointe de cèdre, se mêlait agréablement à la fragrance des fleurs tropicales. Le dîner était servi sur une grande terrasse où des tables étaient habillées de nappes blanches et décorées de bougies. Des torches plantées dans le sable flamboyaient doucement dans la brise nocturne.

Ils parlèrent de tout et de rien durant le dîner, badinant comme ils l'avaient fait toute la journée. Ils évoquèrent les Bermudes, les sites qu'ils comptaient visiter les jours suivants, et Nikos la régala d'anecdotes sur l'histoire du pays. La conversation dériva ensuite sur leurs films préférés… C'était à croire qu'ils se connaissaient depuis toujours.

Mel se sentait incroyablement légère. Elle avait l'impression de flotter dans un cocon de bien-être en compagnie de cet homme, attablée devant des mets délicieux, dans un paradis terrestre.

Mais un courant puissant tourbillonnait sous cette surface paisible. Une autre conversation avait lieu, muette, celle-ci, passant par un regard volé, un frôlement, un sous-entendu. Mel faisait de son mieux pour ne pas se laisser emporter et préserver une apparence de décontraction.

Mais il lui était extrêmement difficile de résister au tumulte qui faisait rage en elle… Au moindre mouvement, les muscles de Nikos roulaient comme des cordes sous la peau cuivrée de ses avant-bras. La flamme d'une chandelle jouait sur son visage, le tirait de l'ombre ou l'y plongeait au gré des courants d'air. Malgré l'obscurité, ses yeux scintillaient telles deux pierres polies.

Ils se retrouvèrent bientôt seuls dans le restaurant, leur bougie presque consumée. Le moment fatidique approchait, ils le savaient tous les deux. Lorsqu'ils se levèrent, Mel glissa sans réfléchir la main dans celle de son compagnon. Ses doigts se refermèrent aussitôt sur les siens, forts et rassurants. D'un bâtiment proche montait une mélodie de piano qui se mêlait au chant plus rauque des insectes et des oiseaux de nuit.

— Vous voulez quelque chose d'autre ? s'enquit Nikos. Un café ? Un verre au bar ?

— Seulement si vous en voulez un, répondit-elle un peu fébrilement.

— Vous savez très bien ce que je veux, murmura Nikos. Et ça ne se trouve pas au bar de l'hôtel.

Une étincelle d'humour pétillait dans son regard. Mais, lorsqu'il reprit la parole, ce fut d'une voix grave.

— Et vous, Mel, que souhaitez-vous ? Dites-moi la vérité. J'ai besoin de le savoir maintenant. Parce que, si je vous raccompagne jusqu'à votre chambre, je ne suis pas sûr d'avoir la force de vous souhaiter bonne nuit et de regagner la mienne.

— Je ne suis pas sûre d'avoir la force de vous le demander, répondit Mel avec un sourire malicieux. Je crois même que je vous pousserais à l'intérieur si je vous voyais hésiter…

Nikos éclata d'un rire franc et grave. Ils reprirent leur cheminement dans les jardins de l'hôtel, main dans la main. Quelques instants plus tard, ils atteignirent une zone d'ombre à l'écart des réverbères, dans laquelle il l'attira à lui.

Mel sentit son cœur bondir dans sa poitrine. La silhouette de son compagnon, puissante et sombre, se découpait contre le ciel étoilé. Elle ne discernait pas son expression mais elle la devinait aisément. Sans en avoir conscience, elle leva son visage vers le sien. Une main brûlante glissa sur son cou, avec une douceur infinie, puis lui enveloppa la nuque. De son bras libre, Nikos lui prit la taille et la plaqua contre lui.

Peu à peu, Mel parvint à s'habituer à l'obscurité. Elle discerna ses yeux striés d'or qui accrochaient le clair de lune.

— Pourquoi attendre d'avoir regagné nos chambres ? souffla-t-il.

Mais il ne l'embrassa pas tout de suite. Du pouce, il lui caressa les lèvres, comme pour en apprendre le dessin. Mel se mit à trembler tant elle avait envie de lui, envie de sentir sa langue contre la sienne et son torse d'acier contre sa poitrine.

— Nikos…

Son pouce glissa sur son menton et remonta le long de sa joue. Enfin, après ce qui lui parut une éternité, Nikos se pencha vers elle. Leurs lèvres se touchèrent, s'esquivèrent, se trouvèrent de nouveau. Avec un soupir, Mel s'affaissa dans ses bras, s'ouvrant telle une fleur à ses baisers dans la nuit traversée par la rumeur des insectes tropicaux.

Son cœur voletait tel un colibri dans sa poitrine lorsque Nikos l'entraîna enfin vers sa chambre. Ils n'allumèrent pas la lumière — la phosphorescence argentée de la mer suffisait à l'éclairer. Il la prit de nouveau dans ses bras et leur baiser s'intensifia. Mel avait l'impression que des torrents de lave déferlaient dans ses veines et consumaient tout son corps. Elle sentit sa veste glisser à terre alors que deux mains brûlantes couvraient ses épaules. Sa robe tomba à son tour et elle se retrouva en sous-vêtements, exposée au regard brûlant de Nikos.

En silence, sans le quitter des yeux, Mel déboutonna sa chemise. Il poussa un grognement rauque lorsqu'elle posa les mains à plat sur son torse cuivré et, vif comme l'éclair, il lui captura les poignets pour les emprisonner derrière son dos. Elle s'affaissa contre lui, les seins tendus contre le satin qui les retenait. Avec une habileté consommée, Nikos dégrafa son soutien-gorge et offrit à chaque téton bourgeonnant l'hommage de ses lèvres.

Mel ne put retenir un gémissement de plaisir. Elle renversa la tête en arrière, cambrant sa poitrine avec un abandon lascif. Le début de barbe qui ombrait les joues de Nikos effleurait sensuellement ses aréoles, achevant de surexciter ses sens.

D'un geste souple, il la souleva pour la transporter jusqu'à son lit. Après s'être débarrassé du reste de ses vêtements, il s'allongea sur elle. Ses mains, puis sa bouche, explorèrent les courbes de son corps. Du bout de la langue, il appuya sur la dentelle de sa culotte. D'un doigt, il en écarta enfin l'élastique pour lécher avec douceur son sexe brûlant de désir.

— Nikos…, hoqueta-t-elle. Maintenant, viens…

Avec un soupir rauque, il ôta son caleçon, découvrant son membre dressé, long et massif. Allait-elle pouvoir l'accueillir ? Au comble de l'excitation, Mel écarta les cuisses pour se livrer à lui. Elle sentit son sexe appuyer doucement sur le sien… puis il la posséda d'un mouvement de reins souple.

Mel sentit son corps s'épanouir sous cet assaut. Avec un gémissement de plaisir, elle bascula les hanches pour l'encourager, l'inviter plus profondément en elle. Nikos ne se fit pas prier — il s'enfonça en elle, avec douceur d'abord, puis de plus en plus vite. Une déflagration silencieuse secoua Mel et elle s'entendit crier son nom, encore et encore. L'orgasme fut si flamboyant, si brutal qu'elle ne comprit d'abord pas ce qui lui arrivait. La rejoignant dans l'extase, Nikos jouit à son tour — le corps secoué de spasmes violents.

Ils s'effondrèrent dans les bras l'un de l'autre, les membres lourds de plaisir. Un calme immense les enveloppa, seulement troublé par leur souffle rauque.

Ils ne parlèrent pas — les mots n'étaient pas nécessaires. Leurs cœurs galopants se calmèrent peu à peu et le silence de la nuit se referma sur eux, soyeux comme un cocon. Puis le sommeil les emporta.

7.

— Alors, qu'est-ce que tu veux faire aujourd'hui ? Il te reste encore des choses à voir aux Bermudes ? J'ai l'impression que nous avons épuisé les ressources de l'île.

Nikos ponctua sa question d'un sourire amusé. Ils prenaient leur petit déjeuner sur la terrasse de la chambre de Mel, devant une mer parfaitement lisse. Il n'y avait pas un souffle d'air mais la température était agréable, ni trop fraîche, ni trop chaude.

Mel se servit une tasse de café tout en réfléchissant à leur programme de la journée. Ils étaient là depuis une semaine et avaient sillonné l'île de long en large, en commençant par le port militaire de la marine royale britannique. Les soldats anglais qui y débarquaient autrefois avaient laissé place à des paquebots gigantesques dégorgeant des hordes de touristes. De là, ils avaient pris un ferry pour la capitale, Hamilton, où ils avaient déjeuné en bord de mer avant de flâner dans ses ruelles. Ils s'étaient aussi rendus à St George, l'ancienne capitale, au nord de l'île. Mel était tombée sous le charme de ses maisons blanches, de ses nombreuses galeries d'art et de ses églises.

Comme promis, Nikos l'avait emmenée en mer. La

première fois sur un yacht spécialement affrété, où ils avaient dîné au champagne face au soleil couchant. Le lendemain, ils étaient partis avec un moniteur de plongée sur la barrière de corail — Mel s'était contentée de patauger en surface avec son tuba pendant que Nikos explorait une vieille épave. Le spectacle de la faune aquatique multicolore lui avait coupé le souffle.

Si les journées étaient consacrées au tourisme, leurs nuits étaient le domaine réservé de la passion. Mel avait parfois l'impression d'évoluer dans un rêve même si ses muscles engourdis de plaisir, au réveil, lui confirmaient que leurs étreintes farouches n'étaient pas un effet de son imagination.

A cette pensée, une bouffée de chaleur lui monta aux joues. Au lit, Nikos était un véritable sorcier. Chaque nuit, il lui faisait découvrir des rivages inconnus, des terres vierges qu'ils exploraient dans les bras l'un de l'autre. Mel n'avait jamais soupçonné que le sexe puisse être aussi intense — c'était une expérience presque métaphysique. Jak avait été un amant attentif, et elle gardait de lui un souvenir affectueux, mais ce n'était rien en comparaison des orgasmes volcaniques qu'elle connaissait sous les mains expertes de son amant.

Rencontreras-tu de nouveau un tel homme, après lui ?

C'était la question fatale, celle qu'elle ne pouvait s'empêcher de se poser malgré tous ses efforts pour ne pas songer à l'avenir. La réponse s'imposa aussitôt.

C'est impossible. C'est une rencontre unique, un homme unique, un moment de vie unique…

Un léger malaise s'insinua en elle, sitôt réprimé. Elle avait accompagné Nikos de son plein gré, consciente des limites de ce qu'il lui offrait : une escapade passionnée et surtout sans lendemain. Les termes du contrat avaient toujours été clairs.

Elle se rendit compte que Nikos la dévisageait curieusement, sa tasse de café suspendue près de ses lèvres. Elle rappela qu'il lui avait posé une question.

— Nous n'avons pas visité les grottes de Cristal, déclara-t-elle. J'aimerais bien les voir.

— Pourquoi pas ? fit Nikos en s'étirant paresseusement. Nous pourrions prendre la navette de l'hôtel jusqu'à Hamilton, déjeuner là-bas, faire un peu de shopping et reprendre un taxi pour les grottes.

Tout en parlant, il posa un regard appréciateur sur Mel. Ce séjour s'avérait plus fabuleux encore qu'il ne l'avait espéré. Il se félicita une nouvelle fois de l'avoir invitée à partir avec lui. Depuis leur arrivée, il ne s'était pas ennuyé une seconde. Elle était vive, intelligente, curieuse. Et, si elle gardait son tempérament bien trempé, c'était désormais sur un mode taquin, presque complice. Ils pouvaient passer des heures à discuter de sujets graves ou parfaitement anodins. Elle avait toujours quelque chose d'intéressant à dire.

Plus étonnant encore, ils pouvaient aussi bien ne pas parler sans pour autant s'ennuyer ou éprouver le besoin de briser le silence. Avec elle, il se sentait… *bien*. Il ne savait pas comment le dire autrement, encore moins comment l'expliquer.

D'ailleurs, à quoi bon l'expliquer ? C'était inutile. Tout ce qu'il voulait, c'était jouir du présent à ses côtés, au lit et en dehors.

Ce qui lui faisait penser…

— Je crois que la navette part toutes les heures pour Hamilton, dit-il en regardant sa montre. Tu veux prendre la prochaine ? Ou tu préfères faire une petite sieste ?

Il lui jeta un regard encourageant qui fit éclater Mel de rire. Elle savait parfaitement ce qu'il entendait par « sieste », et dormir ne faisait pas partie du programme.

— Une sieste ? Il n'est même pas 10 heures. Tu es vraiment insatiable. Franchement… Allez, viens. Nous devons nous dépêcher si nous ne voulons pas rater le prochain départ. Nous aurons tout le temps de faire la sieste, comme tu dis, à notre retour.

— Tu as tellement hâte de faire du shopping à Hamilton ? la taquina Nikos.

De nouveau, Mel s'esclaffa.

— Certainement pas. Je n'ai besoin de rien. Ma salle de bains est pleine de produits cosmétiques offerts par l'hôtel.

— Un rien te satisfait…

— Bien sûr. Regarde où nous sommes, s'exclama Mel en écartant les bras. Tout est formidable. Et, le plus formidable, c'est toi.

Du bout des doigts, Nikos caressa l'épaule bronzée de la jeune femme.

— Excellente réponse. Je vaux certainement mieux que ces cosmétiques gratuits. Et, si vraiment tu insistes, je suis prêt à sacrifier ma sieste pour t'accompagner voir tes grottes de Cristal.

— Tu ne le regretteras pas. Selon mon guide, c'est une merveille de la nature. L'eau y est très claire, on peut se promener sur des passerelles et admirer des formations calcaires uniques au monde. Et rien ne nous oblige à prendre un taxi. Nous pouvons très bien emprunter le bus depuis Hamilton. Je crois que ça me plairait, de voir le célèbre Nikos Parakis dans les transports en commun.

Nikos se mit à rire. Ils terminèrent leur petit déjeuner dans la même atmosphère complice, en parfaite harmonie l'un avec l'autre. Mel se sentit envahie d'une immense gratitude, si intense qu'elle en eut presque les larmes aux yeux. Après des années de privation, la vie lui offrait soudain tout ce qu'elle pouvait espérer

— des vacances de rêve, dans un lieu de rêve, avec un homme dont elle n'aurait jamais osé rêver.

Les grottes de Cristal leur offrirent un spectacle digne des promesses de leur guide. La visite terminée, ils reprirent le chemin de l'hôtel et passèrent la fin de l'après-midi sur la plage.

Le soleil touchait presque l'horizon lorsque Nikos se leva.

— Tu peux rester encore un peu, l'informa-t-il. Je vais juste relire mon discours de demain.

Mel leva sur lui un regard surpris.

— Oh… C'est la conférence, déjà ?

— J'en ai bien peur, oui. Mais ça ne prendra qu'une journée. Après ça, nous pourrons profiter du reste de nos vacances.

Mel le suivit du regard tandis qu'il s'éloignait vers l'hôtel. La conférence marquait la moitié de leur séjour. La fin de leur idylle approchait donc à grands pas.

Son estomac se serra comme le mot « fin » résonnait dans sa tête en un écho menaçant. Elle tourna son regard vers l'horizon, étrangement mélancolique. *C'est ce que tu voulais*, se rappela-t-elle avec fermeté. Etre complètement libre et ne plus dépendre de personne — pas même de Nikos.

C'est ce que tu voulais. Elle se le répéta avec détermination, jusqu'à faire taire la petite voix qui avait l'audace de suggérer le contraire.

L'amphithéâtre où la conférence avait lieu était plein à craquer, et Mel dut se faufiler dans un petit coin, tout au fond de la salle, pour y assister. De là, au moins, elle avait une vue plongeante sur le pupitre d'où Nikos s'adressait au public. Mais ce n'était pas son discours sur les dettes souveraines qui l'intéressait. Oh non. Ce qui la captivait, c'était la façon dont son costume mettait en valeur son corps athlétique, un corps qu'elle connaissait désormais sur le bout des doigts. Elle aimait aussi la façon dont ses mains fortes dansaient sur l'écran où il projetait des graphiques pour illustrer son propos. Il communiquait à son auditoire son autorité naturelle, son sérieux sous lequel perçait parfois le sens de l'humour qu'elle appréciait chez lui.

Elle écouta toute son intervention, jusqu'au moment où les délégués s'éparpillèrent enfin pour aller déjeuner après une session de questions-réponses. Elle abandonna Nikos à ses affaires — c'était son univers, après tout — pour aller déjeuner au restaurant de l'hôtel. Puis elle dénicha un transat à l'ombre près de la piscine, où elle s'installa pour feuilleter un magazine en attendant que Nikos en eût terminé.

Après quelques instants, une voix l'interpella.

— Vous n'étiez pas dans la salle de conférences, juste avant le déjeuner ?

Une Américaine était allongée sur le transat voisin, vêtue d'un bikini minuscule. Un peu plus âgée que Mel, elle était séduisante, même si sa beauté semblait un peu artificielle. Son bronzage n'avait rien de naturel et son maquillage était trop étudié pour le lieu.

— Le conférencier était sacrément sexy, renchérit-elle sans attendre la réponse de Mel. Croyez-le ou non mais ce type possède sa propre banque. Miam, j'en ferais bien mon dessert.

Mel sourit, ce que l'autre prit pour un encouragement à poursuivre :

— Vous assistiez à la conférence, vous aussi ?

— Je suis seulement une… accompagnatrice,

répondit Mel, se demandant si elle devait préciser qu'elle était celle du « conférencier sexy ». Et vous ?

— Mon mari est banquier. John Friedman, de Friedman Hofflaus, précisa-t-elle en guettant la réaction de Mel.

— Désolée, mais je ne connais rien au milieu bancaire…

— Oh. Et qui accompagnez-vous ?

— Eh bien, pour tout vous dire… le « sexy ».

Aussitôt, le regard de la brune s'illumina.

— Eh bien, quelle coïncidence ! Vous en avez, de la chance. Mais, en vous regardant, je me dis que la chance n'y est pas pour grand-chose. Je vois ce qui l'a attiré. En tout cas, j'espère que vous avez une stratégie en béton pour conserver une conquête d'un tel calibre. Parce que c'est bien beau de ferrer un poisson pareil, mais il faut ensuite le remonter à bord !

Mel eut un sourire crispé — elle n'avait pas envie d'expliquer à une parfaite inconnue la nature éphémère de sa relation avec Nikos. Celle-ci ne comprendrait sans doute pas qu'elle puisse ne pas vouloir le « remonter à bord ». Mais son interlocutrice avait raison sur un point : Nikos n'était pas le genre d'homme à se faire prendre si aisément.

Une émotion aussi brutale que fugace la traversa, mais elle n'eut pas le temps de l'identifier. Sa voisine, pendant ce temps, avait repris la parole.

— Bien sûr, vous pourriez tomber enceinte, fit-elle valoir d'un air conspirateur. Ça a marché pour moi…

Du menton, elle désigna le petit bassin. Un garçonnet de cinq ans y barbotait en compagnie d'une jeune fille qui devait être sa nounou.

Par chance, l'arrivée d'un serveur venu leur proposer des cafés la dispensa de répondre à cette remarque choquante. Elle prit une tasse, aussitôt imitée par sa voisine, qui se présenta sous le nom de Nyree.

Mel fut soulagée lorsque Nyree Friedman changea de sujet pour aborder celui du shopping aux Bermudes, qu'elle considérait comme hautement problématique pour quelqu'un qui venait de New York. Elle poussa les hauts cris quand Mel lui apprit qu'elle n'avait jamais mis les pieds dans la Grosse Pomme.

— Oh ! mais il faut absolument que vous veniez ! Demandez à votre chevalier servant de vous y emmener !

Sans attendre sa réponse, elle passa à autre chose. Mel fut ravie de la laisser parler, se contentant d'acquiescer de temps à autre. Nyree Friedman était plutôt sympathique mais c'était une véritable tête de linotte. Elle ne semblait pas prêter la moindre attention à son fils — tout occupée qu'elle était par ses propres peccadilles. Mel commençait à songer que la brune ne s'arrêterait jamais de parler lorsque Nikos apparut enfin.

— Te voilà donc, dit-il en souriant, posant un regard curieux sur sa voisine.

Aussitôt, Nyree se redressa pour lui tendre une main aux ongles rouge sang.

— Bonjour, fit-elle d'une voix traînante. Je suis Nyree Friedman. J'ai assisté à votre présentation, ce matin. C'était *passionnant* !

Nikos lui serra la main d'un air affable, mais Mel crut détecter un éclat froid dans son regard.

— J'espère que votre mari en aura pensé autant.

Apparemment, lui savait qui était le mari de Nyree Friedman. Cette dernière le dévorait du regard et Mel sentit, contre toute attente, la jalousie lui mordre le cœur. Une envie irrationnelle de gifler Nyree la saisit.

L'intensité de cette réaction la choqua. Elle n'avait pas la moindre raison de songer que Nikos lui appartenait. De plus, ce dernier détestait les femmes possessives.

N'était-ce pas précisément parce qu'il voulait se débarrasser de l'une d'elles, Fiona Pellingham, que tout avait commencé ? Et puis le contrat entre eux était clair. Ces vacances étaient une parenthèse sans lendemain. La jalousie n'y avait pas sa place.

A son soulagement, elle vit Nikos se tourner vers elle.

— J'ai terminé. Si ça te va, nous pouvons rentrer. A moins que tu ne préfères rester encore un peu ?

Derrière sa politesse de façade, Mel sentait bien qu'il n'avait pas davantage envie qu'elle de s'attarder.

— Non, je suis prête.

Elle se leva et tourna vers Nyree un sourire factice.

— J'ai été enchantée de faire votre connaissance.

— Moi aussi. Il faut absolument que nous nous revoyions à New York.

Son regard aguicheur se posa de nouveau sur Nikos, puis le dépassa pour se fixer sur un point derrière lui.

— Ouh-ouh, John ! s'exclama-t-elle en agitant la main. J'ai besoin de toi pour convaincre ce séduisant jeune homme d'amener sa petite amie à New York. Elle n'y est jamais allée.

L'homme qui approcha était, à l'instar de Nikos, vêtu d'un élégant costume. Il était aussi plus vieux et lesté de vingt kilos superflus. Il salua Nikos d'un signe de tête avant de se tourner vers Mel.

— J'espère que ma femme vous a laissée parler ? Elle a tendance à monopoliser les ondes.

C'était dit du ton de la plaisanterie, mais Mel crut déceler une irritation bien réelle dans sa voix.

— Nous avons eu une discussion très… plaisante, répondit-elle poliment.

John Friedman se mit à rire, avec une gaieté un peu forcée, puis se tourna vers le garçonnet qui se précipitait vers lui.

— Papa, papa ! Viens te baigner !

Avec une affection visible, John Friedman étreignit son fils trempé.

— Avec plaisir, mais il faut que j'aille me changer.

Son regard dériva vers sa femme comme il ajoutait :

— Et si tu allais nager avec lui, pour changer ?

Cette fois, sa voix était ouvertement acerbe. Nyree répliqua du même ton :

— Et ruiner ma coiffure ? Ne sois pas ridicule. Et puis, c'est l'heure de l'apéritif. J'ai envie d'un cocktail.

— Il est un peu tôt pour ça, même pour toi.

Nyree pinça les lèvres, une expression furieuse sur son visage trop apprêté. Elle était sur le point de répondre mais John ne lui en laissa pas le temps.

— J'ai apprécié votre présentation, dit-il à Nikos. Nous devrions peut-être discuter ? Je suis sûr que nous pourrions faire des choses ensemble.

— Avec plaisir, répondit Nikos en inclinant la tête.

— Parfait. Appelez-moi la prochaine fois que vous êtes de passage à New York.

— Ne tardez pas ! renchérit Nyree, dévorant Nikos du regard.

Le Grec acquiesça d'un air neutre, puis prit la main de Mel et la serra discrètement. Il voulait partir, tout comme elle, pour échapper à l'ambiance délétère qui régnait entre John et sa femme. Poliment, ils prirent congé et s'éloignèrent. Ils avaient à peine fait quelques pas qu'ils entendirent Nyree s'exclamer :

— Bon sang, John, ton costume est trempé. Tu étais obligé de laisser le petit te sauter dessus comme ça ? C'est complètement ridicule. Tu es gaga avec lui et tu n'as pas la moindre autorité.

— Il faut bien que quelqu'un lui manifeste de l'affection, répliqua sèchement son époux. Et toi, tu es obligée de flirter dès que tu vois un homme séduisant, même lorsqu'il est évident que tu ne l'intéresses pas ?

Mel fit la grimace lorsqu'ils sortirent enfin de l'hôtel et se dirigèrent vers un taxi.

— Ils font de la peine à voir, tous les deux. Mais je plains surtout leur fils, avec de tels parents.

Nikos ne répondit pas, encore ébranlé par l'échange auquel il venait d'assister. Les piques, les sous-entendus méprisants, l'hostilité ouverte — tout lui était douloureusement familier. C'était l'environnement dans lequel il avait grandi. Il croisa le regard curieux de Mel et lui adressa un sourire penaud.

— Désolé. Ils me rappellent mes propres parents. Ils se détestent cordialement et s'insultent à longueur de temps… Ils m'ont gâché la vie.

— Pourquoi se sont-ils mariés s'ils ne s'aimaient pas ?

Nikos haussa les épaules, maussade.

— Je suppose qu'ils se plaisaient, au départ. Ma mère était une très belle jeune femme. Tous les hommes la courtisaient mais c'est mon père qu'elle a élu. Puis je suis arrivé, et ça a été le début de la fin. Ma mère ne se prive pas de me rappeler, encore aujourd'hui, que j'ai ruiné sa silhouette. Et mon père lui en a voulu parce qu'elle n'avait plus autant de temps à lui consacrer, vu qu'elle s'occupait de moi. Il a commencé à la tromper, ce que ma mère a su… Bref, ils se détestent, se sautent constamment à la gorge et essaient toujours de me forcer à prendre parti pour l'un ou pour l'autre. Le pire, c'est qu'ils refusent obstinément d'accepter l'échec de leur mariage et de divorcer.

— La vie est étrange… Pour ma part, j'ai tellement regretté d'avoir perdu mes parents. Cela m'a tant manqué ! Et les tiens t'ont visiblement fait beaucoup de mal !

— Il est vrai que j'ai souvent rêvé d'être orphelin, reconnut Nikos sur un ton amer.

Il était perturbé, pas tant par la nature des souvenirs qu'il avait évoqués que par le simple fait de les avoir partagés. C'était un sujet dont il ne parlait jamais — à personne. C'était trop personnel, trop douloureux. Pourtant, se confier à Mel lui semblait naturel, peut-être parce qu'elle avait eu elle aussi une enfance difficile.

Il secoua la tête, déterminé à ne plus penser à ses parents. Il ne leur permettrait pas de gâcher ses vacances à des milliers de kilomètres de distance. Non, ces moments leur appartenaient, à Mel et à lui, et à personne d'autre. Il voulait profiter à fond des derniers jours qui leur restaient.

Les jours les plus extraordinaires de sa vie entière.

Il tressaillit, surpris par cette prise de conscience inattendue. Il savait pourtant qu'il n'exagérait pas. Jamais il n'avait passé d'aussi bons moments avec une femme. Bien sûr, le sexe avec elle était fantastique — il n'en avait jamais douté —, mais il y avait bien davantage. Il aimait le simple fait d'être en sa compagnie.

En ce moment, songea-t-il, *je suis heureux.*

C'était un sentiment inhabituel, et particulièrement agréable. Nikos poussa un soupir de soulagement quand ils s'installèrent dans le taxi et que ce dernier prit le chemin de l'hôtel.

— Je suis ravi d'en avoir terminé avec cette conférence. Nous pouvons maintenant profiter du reste des vacances.

— Encore une semaine, répondit Mel d'un ton léger.

Nikos fronça le sourcil, surpris. Seulement une semaine ? Elle passerait à la vitesse de l'éclair, il le savait. Sept jours, ce n'était pas assez…

Il passa mentalement son agenda en revue. Avait-il des rendez-vous importants la semaine suivante ? Sur le coup, rien ne lui vint à l'esprit. Et s'il n'avait rien de vital à faire…

Une idée lumineuse lui vint — contre toute attente, inspirée par les Friedman…

Il la mentionna au dîner, après qu'ils eurent passé commande.

— Que dirais-tu d'aller une semaine à New York ?

Le visage de Mel s'éclaira aussitôt. Par une étrange coïncidence, elle avait eu la même idée. Elle s'était figuré qu'une semaine à New York serait la meilleure façon d'oublier Nikos, après la fin de leur idylle tropicale.

— Oui, j'y pensais justement. Ça me tente. C'est tellement proche des Bermudes que ce serait idiot de ne pas en profiter. Evidemment, ce n'est pas une ville réputée pour être bon marché, mais si je trouve un vol pas cher et une place dans une auberge de jeunesse…

Nikos fronça les sourcils, puis l'interrompit d'un geste impatient.

— Une auberge de jeunesse ? Un vol pas cher ? Mais de quoi tu parles ?

Ce fut au tour de Mel d'être complètement perdue.

— Tu sais très bien que j'ai un budget limité. Je ne peux pas tout dépenser sur un coup de tête.

— Ton budget ne sera pas affecté. Tu seras avec moi. A moins que tu ne préfères visiter New York toute seule ?

Il la dévisageait d'un air presque accusateur, mais elle songea que ce ne pouvait pas être le cas. Il n'avait pas de raison de lui en vouloir, puisque c'était lui qui avait imposé un terme à leur relation.

— Nikos, c'est une question ridicule et tu le sais très bien.

— Dans ce cas, pourquoi parles-tu d'aller à New York seule ?

Mel le dévisagea, hésitante, avant de répondre :

— Quand tu m'as invitée aux Bermudes, tu m'as dit que c'était pour deux semaines, pas plus.

Il balaya son objection d'un haussement d'épaules.

— Rien ne nous interdit de prolonger le plaisir. J'ai regardé mon agenda et je n'ai rien d'urgent la semaine prochaine. Je peux avancer certains rendez-vous que je devais avoir à New York et joindre l'utile à l'agréable. Et j'en profiterai pour revoir John Friedman. Il pèse lourd dans le milieu de la finance, et une association pourrait être fructueuse. Alors, ça te tente ?

Il la dévisagea en souriant, l'air parfaitement détendu. Mais Mel se rembrunit. Tout ceci allait trop vite pour elle…

— Je ne sais pas. Je ne crois pas que ce soit une bonne idée.

Nikos eut l'air de tomber des nues.

— Pourquoi ?

Mel laissa son regard dériver vers l'étendue sombre des flots. Elle aurait bien voulu lui expliquer les raisons de sa réticence mais elle ne trouvait pas les mots pour le faire. C'était d'autant plus difficile qu'au fond elle mourait d'envie d'accepter son offre. Les Bermudes, puis New York ? Il lui proposait de prolonger leurs vacances ? Oui, oui, oui !

Elle avait tellement envie de céder… Et c'était précisément ce qui lui faisait peur. Une amourette de vacances rentrait dans ses plans : elle avait d'ailleurs espéré en vivre, durant son tour du monde. Elle avait des années de célibat à rattraper et comptait bien en profiter !

Mais l'amourette de vacances menaçait de changer de nature. Si elle acceptait l'invitation de Nikos, que se passerait-il après New York ? Lui proposerait-il une nouvelle prolongation ou rentrerait-il enfin à Athènes, comme prévu ?

Son esprit se ferma aux deux possibilités. L'une comme l'autre lui paraissaient trop compliquées à envisager. Elle ne voulait pas penser à l'avenir. Seuls comptaient le présent et la soirée qui s'annonçait. Mais Nikos ne semblait pas partager ce point de vue, car il répéta :

— Pourquoi ? Pourquoi est-ce que ce ne serait pas une bonne idée d'aller à New York ?

— Nous en parlerons plus tard, d'accord ?

Le serveur revint au même moment avec leurs entrées, et Nikos décida de ne pas insister. Après tout, il connaissait d'autres façons de persuader une femme…

Lorsqu'il la prit dans ses bras, cette nuit-là, il fit appel à tout son art, à tous les secrets qu'une longue fréquentation de la gent féminine lui avait appris. Lorsque Mel retomba sur le lit, étourdie d'un plaisir tel qu'elle n'en avait jamais connu, il se redressa sur un coude et passa une main sur son front baigné de sueur avant d'y déposer un baiser.

— Accompagne-moi à New York, murmura-t-il.

Puis il se pencha vers elle, effleura sa bouche du bout de la langue et répéta :

— Accompagne-moi à New York.

Que pouvait-il faire de plus pour la persuader ? Il savait qu'elle mourait d'envie d'accepter, il le voyait à la façon dont elle se mordait la lèvre, dont son regard esquivait le sien. Mais elle garda le silence, ferma les yeux et se blottit contre lui. Avec un long soupir, il referma les bras sur son corps gracile. Il avait envie de la serrer de toutes ses forces mais il se retint de peur de lui faire mal.

La voix de Nikos continuait de résonner dans la tête de Mel en dépit de ses efforts pour la faire taire. *Accompagne-moi à New York. Accompagne-moi à*

New York. Son corps était encore traversé de frissons de bien-être, répliques en miniature de l'orgasme qui venait de la secouer. Son rythme cardiaque se calma peu à peu, sa peau brûlante se rafraîchit.

Mais un étau invisible continuait de lui écraser la poitrine. Car la réponse à la question de Nikos était évidente. *Non, je ne viendrai pas à New York avec toi.* Elle devait refuser, se montrer raisonnable pour deux si lui n'en était pas capable.

Du bout des dents, il lui mordilla une oreille. Son souffle la caressa lorsqu'il répéta :

— Accompagne-moi à New York. Dis oui.

Puis elle sentit un sourire se dessiner sur ses lèvres comme il ajoutait :

— Si tu refuses, je continuerai de te le demander jusqu'à ce que tu changes d'avis. Alors arrête de résister. Accepte. Accompagne-moi à New York. Tu sais très bien que tu en meurs d'envie.

Il s'était mis à rire, et sa bonne humeur se communiqua à Mel. A son tour, elle pouffa. Il lui était impossible de lutter davantage.

— D'accord, je me rends ! Tu as gagné. Je t'accompagne à New York.

Nikos eut un rire triomphant et la serra encore plus étroitement contre lui. Mel s'en voulait d'avoir cédé mais la perspective de prolonger leurs vacances, au fond, la comblait de joie.

Et, puisqu'elle ne s'était pas montrée raisonnable jusqu'à présent, à quoi bon commencer maintenant ?

8.

— Ne me dis pas que tu manges encore du gâteau ! s'exclama Mel sans chercher à dissimuler son amusement.

Avec un large sourire, Nikos referma le couvercle de la boîte en métal qui contenait le gâteau au rhum, une spécialité locale, et se lécha les doigts.

— Je voulais juste m'assurer de sa qualité. Simple vérification.

Mel fit les gros yeux et lui prit la boîte des mains.

— Si tu continues tes vérifications, il ne restera bientôt plus rien. Je vais le mettre dans ma chambre.

— Nous pouvons toujours aller en ville renouveler notre stock, fit-il valoir en riant.

— Ça risque d'être nécessaire, à ce rythme.

Elle déposa un baiser sur les lèvres de Nikos avant d'enjamber le muret qui séparait leurs terrasses et de rentrer dans sa propre chambre. Quand elle en ressortit, les mains vides, Nikos enfilait un T-shirt de plage. En dépit du gâteau au rhum, ses pectoraux et ses abdominaux étaient parfaitement dessinés.

Une bouffée de désir cueillit Mel par surprise. Mais le moment était mal choisi pour une « sieste » — ils venaient juste de prendre leur petit déjeuner et s'apprêtaient à descendre sur la plage.

Quelques minutes plus tard, ils s'installèrent les pieds en éventail au bord de l'eau, là où le ressac venait mourir en bouillonnant sur le sable. Les plus grosses vagues les aspergeaient d'une fraîcheur salée et Mel s'étira comme un chat. Si ce n'était pas la définition du bonheur, cela y ressemblait fort !

Pourtant, la fin approchait à grands pas. Bientôt, ils partiraient à New York.

Et après New York…

Après New York, ils se sépareraient et ne se reverraient plus jamais. Une onde glaciale traversa Mel, trouant la bulle de chaleur qui l'enveloppait.

Ne panique pas, les vacances ne sont pas encore finies. Il vous reste un peu de temps.

C'était précisément ce désir presque désespéré de rester avec Nikos qui l'inquiétait. Elle n'avait pas de raison valable de s'accrocher à lui. *Tu ferais mieux de te réjouir. Une fois aux Etats-Unis, tu pourras en profiter pour visiter le reste du pays, pour découvrir tous ces lieux magiques que l'on voit au cinéma.*

Le problème, c'était qu'elle voulait faire tout cela *avec* Nikos. L'espace d'un instant, elle tenta de s'imaginer son itinéraire à travers le continent américain, seule. Mais aucune image ne lui vint, aucune envie, aucun frisson. Le noir complet. Elle ne parvenait pas à se représenter quoi que ce soit après New York — rien d'autre qu'un grand vide.

Le désarroi l'envahit. Ce n'était pas bon signe du tout. Pendant trois ans, elle avait rêvé d'être libre, sans attaches. Et, maintenant que c'était le cas, elle ne songeait plus qu'à dépendre de quelqu'un ? D'un homme qu'elle avait rencontré deux semaines plus tôt à peine ? Non, cela n'avait aucun sens.

De nouveau, l'étrange courant d'air glacial la balaya. Dans quelques jours, tout serait fini.

Mais qu'est-ce qui serait fini, au juste ?

C'était une question qu'elle préféra laisser sans réponse.

— Mel… Mauvaise nouvelle.

Mel, occupée à fermer sa valise, se retourna avec étonnement. Nikos se tenait sur le seuil de sa terrasse, la mine froissée, son téléphone à la main.

— Que se passe-t-il ? demanda-t-elle, alarmée.

— Changement de programme, déclara le Grec. Nous devons rentrer en Europe. On a besoin de moi au bureau pour régler un problème. Rien de dramatique, mais je ne peux pas aller à New York. Je vais nous faire réserver deux places sur un vol pour Londres. De là, nous irons à Athènes.

Mel le fixa en silence tandis qu'il approchait, puis glissait un bras autour de sa taille.

— Je suis désolé, murmura-t-il, déposant un baiser sur le bout de son nez. Tu découvriras Athènes au lieu de New York, mais tu ne seras pas déçue.

Mel fit un pas en arrière, les sourcils froncés. Elle avait fini par accepter ce voyage à New York, contre sa propre raison, parce que c'était un prolongement naturel de leur séjour aux Bermudes, un simple saut de puce en avion qui ne remettait pas en cause leur accord initial. Mais rentrer en Europe ? L'accompagner à Athènes ?

— Nikos…

— Quoi ?

— Je ne peux pas venir avec toi.

Son compagnon tressaillit, et prit un air sombre.

— Comment ça ? Pourquoi ?

— Parce que je vais à New York. C'est ce qui était prévu. Et, de là, je ferai le tour des Etats-Unis.

— Qu'est-ce qui t'empêche d'aller à Athènes, à la place ? Tu as dit toi-même que tu voulais voir le monde entier. Tu iras aux Etats-Unis plus tard.

Mel ferma les yeux, les tempes bourdonnantes. *Je pensais disposer de quelques jours de plus avec lui… Je me suis trompée.*

— Nikos. C'est impossible. Je ne peux pas.

— Tu ne peux pas quoi ?

Nikos sentit sa poitrine se gonfler d'une émotion qu'il ne connaissait pas. Tout ce qu'il savait, c'était qu'il voulait être avec cette femme. Et elle lui répondait que c'était impossible.

— Je ne peux pas t'accompagner à Athènes. Quelle raison aurais-je de le faire ? Comment le justifier ? New York, passe encore, mais retraverser le monde en sens inverse ? A quel titre ? Qu'est-ce que je serais, pour toi, si j'acceptais ?

— C'est donc ça ? Tu veux un engagement de ma part ? De belles promesses ?

Avant qu'elle puisse protester, il enchaîna :

— Mel, j'ai été clair dès le départ. Je ne t'ai jamais menti sur la nature de notre relation.

— Et je n'en attends rien de plus que ce que tu m'as vendu ! répliqua Mel, se demandant si c'était vraiment le cas. J'ai passé les meilleures vacances de ma vie. Et… et elles sont terminées.

Un embrasement fugitif éclata dans le regard de Nikos. Elle n'aurait su dire s'il s'agissait de soulagement ou de regret, et peu importait. Tout ce qui comptait, c'était de… de…

Sa gorge se serra, et elle eut l'impression qu'un vide béant s'ouvrait sous ses pieds.

Tout ce qui comptait, c'était de se dire au revoir, voilà tout. Elle se força à faire un pas en avant, à s'approcher de Nikos. Il se tenait rigide, la mâchoire crispée.

— Je suis désolée que nous n'ayons pas droit à des prolongations comme prévu. Et c'est peut-être mieux ainsi, ajouta-t-elle avec un haussement d'épaules. Toutes les bonnes choses ont une fin.

Pourquoi faisait-il cette tête ? se demanda-t-elle confusément. Il avait toujours insisté sur l'aspect éphémère de leur aventure. Il venait même de lui répéter qu'elle ne devait pas se faire d'illusions.

Ravalant une attaque de panique, elle se força à sourire, à le regarder dans les yeux et à prononcer les mots que les circonstances exigeaient.

— Nous savions très bien que ce moment viendrait, Nikos. Que ce soit maintenant ou dans quelques jours, au fond, qu'est-ce que ça change ? Soyons adultes. Ce n'est pas un drame.

Sa voix était presque suppliante, elle s'en rendait compte. Mais qui suppliait-elle, au juste ? Lui, ou elle-même ? Cela n'avait aucune importance. Elle ne devait penser à rien d'autre qu'à prendre sa valise, son sac à main. Nikos la regarda faire, aussi immobile qu'une statue.

— La navette de l'hôtel m'emmènera à l'aéroport. Je sais que le vol de Londres ne part que ce soir, tu n'es donc pas obligé de venir. Franchement, je ne veux pas te dire au revoir à l'aéroport.

Je ne veux pas te dire au revoir du tout.

La voix hurla en elle, si violente qu'elle crut un instant avoir prononcé ces mots à voix haute. L'expression impassible de Nikos lui indiqua qu'elle n'en avait rien fait.

— Je ne comprends pas pourquoi tu réagis comme ça, dit-il enfin.

— C'est pour le mieux, s'entendit-elle répondre. Vraiment.

Elle empoigna sa valise et se dirigea vers la porte, le cœur lourd. Sur le seuil, elle se retourna pour le regarder une dernière fois. Pour une raison étrange, il lui parut flou. Elle cligna des yeux pour s'éclaircir la vision et conclut :

— Bon retour, alors.

Elle sourit — en tout cas, elle eut l'impression de sourire — et sortit. Engourdie, elle hissa sa valise dans le buggy qui l'attendait devant le bâtiment. Il démarra aussitôt, dans le ronronnement de son moteur électrique.

Resté seul, Nikos regarda autour de lui. La chambre était vide. Une vague d'émotion enfla en lui mais il la réprima farouchement. Il se força à décrocher le téléphone et à appeler la réception pour demander, d'un ton plus sec qu'il n'aurait dû, qu'on lui réservât une place sur le premier vol pour Londres.

Après avoir raccroché, il balaya de nouveau la pièce du regard. Mel était partie. Il peinait encore à y croire. En l'espace de quelques minutes, sa vie avait changé du tout au tout.

L'émotion revint, d'autant plus brutale qu'il avait voulu l'ignorer. Elle le traversa telle une lame d'acier. Il se força à respirer, grimaçant malgré lui. Son corps tout entier lui faisait mal et un bruit blanc l'assourdit. Il savait qu'il était en état de choc — la partie de son cerveau qui fonctionnait encore en reconnaissait les symptômes.

La sonnerie du téléphone le fit sursauter. Au bout du fil, la réceptionniste lui confirma la réservation de son billet d'avion. Il la remercia, raccrocha et regagna sa propre chambre par la terrasse, tentant de s'habituer à ce nouveau monde.

Un monde dont Mel ne faisait pas partie.

Tu ne la reverras pas.

L'émotion le frappa de nouveau, en plein cœur, cette fois.

Mel plissa les yeux à la lumière du soleil. La chaleur lui tapait sur la nuque mais la vue était à couper le souffle. La faille gigantesque qui s'ouvrait presque sous ses pieds était large d'une quinzaine de kilomètres à cet endroit. Le Grand Canyon, au bord duquel elle se tenait, offrait un spectacle époustouflant dont elle ne ressentait pourtant ni la grandeur, ni la magie.

Autour d'elle, les autres touristes se pressaient en poussant des « oh » et des « ah » d'admiration. Mel fixait sans vraiment le voir le fond du canyon, où le Colorado serpentait paresseusement. Après avoir visité New York, elle s'était rendue à Washington, puis à Las Vegas. Elle avait coché la liste de tous les lieux touristiques, déterminée à ne rien manquer et bien décidée à remplir la moindre seconde de ses journées.

Elle comptait prouver au monde entier — ou à elle-même, peut-être — qu'elle était libre, qu'elle exauçait enfin son rêve de sillonner la planète. Pour ce faire, il était important de ne pas penser à Nikos.

C'était pourtant à lui qu'elle songeait en cet instant précis, se remémorant les instants uniques qu'ils avaient passés ensemble. Si seulement Nikos était là, le paysage grandiose qui s'étalait à ses pieds prendrait soudain un sens au lieu de ressembler à une simple carte postale. Et il en était de même pour tous les autres lieux touristiques qu'elle avait visités sans lui : la statue de la Liberté, Central Park, l'Empire State Building, la Maison Blanche, les casinos de Las Vegas…

Elle entendait encore le rire de Nikos, le murmure de sa voix, elle sentait encore la pression de ses mains sur son corps, la chaleur de sa peau contre la sienne. Et un immense sentiment de vide l'engourdissait, la séparant de la beauté du monde. Elle avait l'impression de tout voir à travers une vitre épaisse.

Inutile de se mentir — Nikos lui manquait comme aucun être avant lui. Il lui manquait tellement que c'en était douloureux.

Mais elle ne pouvait rien y faire, elle le savait. Elle ne le reverrait pas. Ils ne découvriraient pas, main dans la main, les merveilles de la planète. Leurs corps ne se toucheraient plus jamais.

Alors autant s'y habituer. Autant l'accepter et fermer une fois pour toutes son esprit aux regrets. La mélancolie ne la mènerait nulle part. Elle devait profiter de la vie, s'amuser — même si elle avait la sensation de marcher au-dessus du vide.

9.

— Alors, les Bermudes, c'était comment ?

C'était une question innocente — elle n'avait pas la moindre raison de braquer Nikos. Il se força donc à répondre d'un ton neutre :

— La conférence était intéressante.

— Tu en as profité pour prendre un peu de vacances ? poursuivit son interlocuteur.

Nikos marmonna une réponse toute faite, puis changea abruptement de sujet. Il n'avait pas la moindre envie de parler des Bermudes. Il n'avait même pas envie d'y penser. Pourtant, c'était ce qu'il faisait sans arrêt. Il avait en permanence des images de son séjour là-bas dans la tête — et des images de Mel. Surtout d'elle, en réalité.

Il la revoyait rire à gorge déployée, ses cheveux blonds dansant dans la brise. Il s'imaginait son regard bleu azur, pétillant d'humour, d'intelligence — ou de désir. Il se rappelait la façon dont elle fondait entre ses bras, dont elle s'agrippait à lui dans le plaisir.

Il faisait d'énormes efforts pour couper court à ces incessantes rêveries. Il s'était replongé corps et âme dans son travail, se levait tôt et se couchait tard, et consacrait ses rares instants de répit à exténuer son corps dans sa salle de sport. Son cœur tournait comme un moteur bien rodé, alimentait des muscles durs comme de l'acier, des tendons souples et solides, toute une machinerie parfaitement huilée. Occuper son corps était aussi vital que d'occuper son esprit, car ses cellules lui rappelaient sans cesse son désir inassouvi pour Mel.

Avec un long soupir, Nikos regagna son bureau et se passa les deux mains dans les cheveux. L'ironie de la situation ne lui échappait pas. C'était lui qui avait insisté sur l'aspect temporaire de leur relation. En revanche, il n'avait jamais voulu lui imposer de limite précise, temporelle ou géographique. Il ne comprenait donc pas ce qui avait empêché Mel de venir passer quelques jours en Grèce. Il lui aurait volontiers fait découvrir son pays, la beauté de ses îles et de ses montagnes, ses ruines antiques.

Mais elle l'avait envoyé paître. Elle avait poursuivi son voyage sans lui, comme elle en avait toujours eu l'intention. Cette indépendance affichée, qui l'avait rassuré au départ, était précisément ce qui le torturait aujourd'hui.

La porte de son bureau s'ouvrit sur son père, qui entra, la mine furieuse. C'était devenu, songea Nikos, son expression par défaut.

— Tu veux connaître la dernière de ta mère ?

— Pas particulièrement, répondit-il.

Ce qui n'empêcha pas son père de poursuivre :

— Elle est partie à Milan. Elle prétend qu'elle a besoin de renouveler sa garde-robe. C'est ridicule, elle pourrait ouvrir une boutique de mode avec ce qu'elle a dans ses placards ! De toute façon, je sais bien que ce n'est qu'un prétexte. Elle boude parce qu'elle m'accuse d'avoir une nouvelle maîtresse.

Nikos ne put s'empêcher de lever les yeux au ciel.

La dernière chose qu'il voulait, c'était écouter les récriminations de son père.

— Et c'est le cas ? demanda-t-il.

Son père eut un geste impatient.

— Qui peut me le reprocher ? Ta mère est impossible. Elle est partie au pire moment ! Nous sommes supposés rejoindre Demetrius Astarchis et sa femme sur leur yacht demain. Qu'est-ce que je vais faire, maintenant ?

— Emmener ta maîtresse ? suggéra Nikos d'un ton narquois.

— Ne sois pas ridicule. Ils s'attendent à voir ta mère. Demetrius et moi travaillons ensemble et je ne veux pas lui manquer de respect. D'ailleurs, ta mère ferait bien de se demander d'où vient l'argent qu'elle dépense à tour de bras ! Elle me doit un minimum de loyauté.

Nikos se retint de faire valoir que la loyauté marchait dans les deux sens, et que ce n'était pas en fréquentant d'autres femmes que son père allait regagner celle de son épouse. Mais il savait aussi que sa mère avait tout fait, avec sa langue de vipère, pour éloigner son père.

— C'est tout ce que tu voulais me dire ? demanda-t-il d'un ton las, refusant de se laisser entraîner dans un conflit qui ne le regardait pas, et qui ne l'avait jamais regardé.

— Non. Je voulais savoir si tu t'étais occupé du voyage à Hong Kong. Et te dire que, si ta mère ne revient pas avant ton départ, j'irai la chercher moi-même. Je n'ai pas l'intention de la laisser traîner mon nom dans la boue pendant qu'elle parcourt l'Europe.

— J'ai tout organisé pour Hong Kong, répondit Nikos en faisant pivoter l'écran de son ordinateur. Voici mes rendez-vous.

Il était ravi de partir en Asie, ne serait-ce que pour

échapper à ses propres problèmes. Mais ces derniers menaçaient de le suivre où qu'il aille, car il songeait déjà qu'il aurait aimé faire visiter Hong Kong à Mel.

Nous aurions pu nous rendre ensuite en Malaisie, en Thaïlande, à Bali. Peut-être même en Australie.

Et d'Australie en Nouvelle-Zélande, puis dans les îles verdoyantes du Pacifique Sud...

Mais à quoi bon se torturer ? A quoi bon songer à des vacances qu'il ne passerait jamais avec Mel ? Elle s'était contentée de deux semaines aux Bermudes et n'avait pas voulu davantage.

— Parfait, fit son père après avoir parcouru l'écran. Bon, je te laisse, je dois déjeuner avec Adela. Je ne reviendrai sans doute pas cet après-midi...

De nouveau, Nikos prit garde de ne pas faire de commentaire, même lorsque son père ajouta au moment de sortir :

— Et surtout ne dis rien à ta mère. C'est la dernière chose dont j'ai besoin.

Ce dont tu as besoin, c'est divorcer.

Mais cela ne se produirait jamais, il en avait conscience. Ses parents étaient prisonniers de leur mariage aussi autodestructeur qu'aliénant. Voilà pourquoi lui-même avait évité toute relation de long terme.

Morose, il se leva et traversa son bureau pour se poster devant la fenêtre. De là, il étudia l'agitation des rues d'Athènes, l'esprit en ébullition. Il n'avait pas vraiment envie d'être là, dans la ville où il avait grandi, à se tuer au travail juste pour ne pas penser à ce qu'il voulait vraiment — être avec Mel.

Il ferma les yeux et jura entre ses dents. Voilà qu'il songeait de nouveau à elle. Il avait tellement envie de Mel qu'il ressentait une douleur presque physique.

Mais elle était partie et, quoi qu'il lui en coûtât de l'admettre, elle avait eu raison de le faire. C'était exactement ce qui se serait passé quelques jours plus tard, de toute façon. Leur relation était par nature éphémère, transitoire, évanescente.

En d'autres termes, sans danger. Il ne risquait pas de devenir comme son père : un coureur de jupons amer, constamment malheureux, en conflit permanent avec sa femme.

A ceci près que Mel et lui étaient très différents de ses parents. Ils étaient heureux lorsqu'ils étaient ensemble. Ce bonheur dépassait leur simple alchimie sexuelle, tout explosive qu'elle fût. Ils étaient comme deux enfants complices, enfermés dans une bulle que le cynisme d'un monde trop adulte ne pouvait percer.

Les muscles bandés, il continua de regarder par la fenêtre. Ce n'étaient plus les rues embouteillées d'Athènes qu'il voyait mais le visage de Mel. Elle était la plus belle femme qu'il connaissait, mais cette beauté dépassait de loin la simple perfection de ses traits. Elle venait de son âme, elle éclatait dans l'eau bleue de son regard, dans son sourire. Il ferma les yeux et s'imagina lui caresser la joue, lui embrasser le bout du nez. Il aurait voulu la prendre par la main, la serrer dans ses bras, lui parler de tout et de rien… Et ce, chaque jour de sa vie.

A cette pensée, il eut l'impression de prendre une grande goulée d'air — comme s'il sortait d'une apnée prolongée. *Nous ne sommes pas comme mes parents. Leur relation est un choix, pas une malédiction héréditaire. Mel et moi ne leur ressemblons en rien.*

Il sentait un magma bouillonner dans son esprit, ses pensées s'agréger pour prendre peu à peu forme. S'il avait raison, alors il pouvait prendre le risque — il *devait* prendre le risque — qu'il avait toujours fui. Car il n'avait jamais, jusqu'à ce jour, rencontré de femme capable d'apaiser la peur qui le dévorait.

Mel en avait le pouvoir. Il devait y croire. Il devait lui faire confiance.

Je refuse que nous devenions comme mes parents. Je crois réellement que ces deux semaines que nous avons passées ensemble auraient pu se prolonger, devenir des mois. Des années…

Il s'aperçut qu'il s'était arrêté de respirer. Il resta un long moment pétrifié puis, retrouvant soudain le contrôle de son corps, pivota et revint vers son bureau d'un pas déterminé. Une détermination farouche brûlait dans son regard lorsqu'il décrocha le téléphone. Mel ne voudrait peut-être pas de lui — et Dieu seul savait où elle se trouvait en ce moment. Elle le repousserait peut-être de nouveau pour reprendre son tour du monde. Mais il ne la laisserait pas le quitter de nouveau sans lui poser la question qui le torturait.

— Passez-moi notre service sécurité, ordonna-t-il quand sa secrétaire décrocha. J'ai besoin de lancer une enquête. J'ai besoin…

Il prit une profonde inspiration, puis acheva dans un souffle :

— J'ai besoin de retrouver quelqu'un.

L'avion entamait sa descente sur Londres. Mel eut un haut-le-cœur — encore une de ces insupportables nausées ! Dès qu'ils auraient atterri, songea-t-elle, elle se sentirait mieux.

En tout cas physiquement. Parce que dans sa tête le chaos continuait de régner. Deux émotions se battaient en duel comme des serpents, si étroitement entremêlées qu'il n'était plus possible de les identifier. Mel savait qu'une épreuve l'attendait mais elle n'était pas sûre d'être de taille à l'affronter.

Ce n'était pas censé se terminer comme ça…

Nikos lui manquait, tout le temps, où qu'elle allât. Pourquoi avait-elle refusé son invitation à l'accompagner à Athènes ? Comment avait-elle pu se montrer aussi stupide ?

Tu aurais pu passer encore un peu de temps avec lui.

Aussitôt, une autre voix répondit à la première.

Mais combien de temps ? Une semaine ? Un mois ? Et après ? Tu n'aurais fait que repousser l'inévitable. La séparation n'est pas déjà assez difficile comme ça ? Ce serait bien pire si vous aviez prolongé ces vacances. Non, tu as bien fait. Nikos n'avait rien à t'offrir. Rien de ce que tu désires.

Un rire creux résonna dans sa tête. Elle pouvait désormais le forcer à faire partie de sa vie, et pour bien davantage que quelques semaines. Un lien indissoluble et permanent s'était formé entre eux.

Non, rien ne s'était passé comme elle l'avait supposé.

Elle n'avait pas pensé un seul instant qu'elle tomberait amoureuse de lui.

Et elle s'était encore moins attendue à tomber enceinte...

10.

Nikos émergea du building et frissonna. L'air s'était rafraîchi de façon perceptible. Il se dirigea vers la voiture qui l'attendait le long du trottoir mais, avant de s'y installer, leva les yeux pour étudier le carré de ciel que laissaient voir les gratte-ciel de verre et d'acier de Hong Kong. Le vent chassait des nuages violets, menaçants. La télévision locale avait annoncé l'arrivée possible d'un cyclone, et il semblait que ce dernier se confirmait.

De retour à son hôtel, il constata que l'alerte avait monté d'un cran. Il avait encore des rendez-vous mais il allait devoir les annuler si la situation s'aggravait. Lorsque l'ouragan frapperait, les rues se videraient et tous les transports s'arrêteraient. Les gens ne sortiraient plus de chez eux jusqu'à la fin de l'ouragan.

Sa suite, au dernier étage de l'hôtel, dominait la baie. La mer était agitée et de nombreux bateaux se dirigeaient vers le port pour y trouver refuge. A ce rythme-là, son vol retour risquait d'être annulé.

Il en conçut de l'agacement et une intense frustration, mais il se raisonna. Rentrer un jour plus tôt ou plus tard ne changerait rien à sa vie. L'agence à laquelle il avait confié la tâche de retrouver Mel avait besoin de temps, et il savait qu'il n'aurait pas de nouvelles — à supposer qu'ils arrivent à la retrouver — avant au moins une semaine.

Juste au cas où, il consulta son courrier électronique et son téléphone, mais il n'y avait pas le moindre message concernant Mel. Dépité, il se força à se concentrer sur son travail.

Un peu de patience, c'était tout ce qu'il lui fallait.

Mel avait l'impression d'étouffer dans la rame de métro qu'elle avait empruntée pour se rendre dans la City. Le contraste avec les grands espaces américains qu'elle venait de visiter accentuait sa phobie, et elle redoutait l'épreuve qui l'attendait.

Elle aurait dû téléphoner avant de venir, elle le savait, mais elle n'en avait pas eu le courage. Nikos ne serait sans doute pas à son bureau, de toute façon. Mais peut-être pourrait-elle parler à son assistante, découvrir où il était. Au pire, elle lui laisserait la lettre qu'elle avait préparée, celle où elle lui disait tout.

Elle l'avait écrite la veille, raturant et recommençant mille fois dans l'espoir de trouver les mots justes pour lui expliquer que leur idylle avait eu une conséquence inattendue.

Qu'est-ce que je vais faire ? Mais qu'est-ce que je vais faire ?

Le train s'arrêta dans un chuintement de freins à une station. Les wagons déversèrent leur flot de passagers, les portes se refermèrent et le métro s'enfonça de nouveau dans un tunnel. *Station, tunnel, station, tunnel...* Le trajet semblait interminable, tout comme la litanie qui résonnait dans l'esprit de Mel.

Qu'est-ce que je vais faire ? Mais qu'est-ce que je vais faire ?

Elle était enceinte d'un homme avec lequel elle n'avait passé que deux semaines. Quelle ironie… Ses propres paroles, celles-là mêmes qu'elle avait prononcées au Viscari, revinrent la hanter. « Je n'ai aucune envie d'un bébé pour le moment. » Et elle n'avait pas menti. Elle ne s'était pas sentie prête à assumer, si rapidement après la mort de son grand-père, de nouvelles responsabilités.

D'autres paroles lui traversèrent l'esprit. Cette fois, ce n'étaient pas les siennes mais celles de Nikos lorsqu'il lui avait parlé du mariage de ses parents. « Je suis arrivé, et ça a été le début de la fin. » Il lui avait clairement fait comprendre qu'il ne répéterait pas la même erreur. Alors comment allait-il accueillir la nouvelle de sa grossesse ?

Un mélange d'angoisse et de peur lui transperça le cœur, mêlé à une envie instinctive, presque primitive, de garder son bébé…

Qu'est-ce que je vais faire ? Qu'est-ce que je dois faire ?

La question tournait en boucle — c'était une véritable tempête sous son crâne. Elle se sentait si fragile, si désemparée face à cet événement. Le train s'arrêta de nouveau et Mel se rendit compte avec un sursaut qu'elle aurait dû descendre à la station précédente pour changer de ligne. Elle se contorsionna pour sortir et, une fois sur le quai, chercha la bonne sortie. Une affiche sur le mur incurvé accrocha son regard.

Enceinte ? Perdue ? Vous avez besoin de quelqu'un à qui parler ?

Le cœur battant, elle s'approcha de l'affiche.

Venez nous rencontrer et nous parler en toute discrétion.

Le nom et l'adresse d'une organisation caritative étaient inscrits juste en dessous. *Enceinte ? Perdue ?* Le message semblait s'adresser à elle. Constatant que les bureaux de l'organisation étaient à la sortie du métro, Mel se dirigea machinalement vers l'escalier. Elle ne remarqua pas l'homme en costume qui la filait discrètement.

Une heure plus tard, elle était assise face à une conseillère dans une salle de consultation.

— Vous devriez vous accorder davantage de temps pour réfléchir avant de prendre une décision, conclut cette dernière d'un ton compatissant.

— J'ai déjà réfléchi. Je ne fais même que ça depuis que j'ai découvert que j'étais enceinte.

Mel avait tout déballé, à peine arrivée, trop angoissée pour se contenir plus longtemps. L'autre femme l'avait écoutée attentivement, hochant la tête d'un air attentif. Puis elle lui avait exposé les choix qui s'offraient à elle.

— Ma décision est prise, déclara-t-elle avec un regain d'assurance. C'est mon bébé. Ma responsabilité.

Elle se leva, aussitôt imitée par la conseillère.

— Je suis là, au cas où vous auriez besoin de moi. N'hésitez pas à revenir si vous voulez discuter. Si vous avez des doutes.

Mais Mel secoua la tête.

— Merci. Je sais ce que j'ai à faire, maintenant. Merci de m'avoir écoutée. Vous m'avez aidé à comprendre qu'il n'y avait qu'un choix possible.

Mel serra la main de son interlocutrice, puis quitta le bureau. Elle regagna la rue, le cœur lourd mais déterminée. Tout en se dirigeant vers l'entrée du métro, elle saisit la lettre qu'elle avait passée un si long moment à rédiger, la veille, la déchira en deux et la jeta dans une poubelle.

Puis elle s'engouffra dans le métro et prit la direction opposée à la City et aux bureaux de Nikos Parakis. Elle n'avait dorénavant plus rien à lui dire. Les serpents qui se battaient en elle avaient cessé leur lutte. Le bébé était à elle et à elle seule.

Elle s'installa dans la rame, une main protectrice sur la petite vie qui grandissait en elle — la vie qui allait changer radicalement la sienne.

Nikos s'installa en première classe à bord de l'avion à destination de Londres. L'ouragan avait frappé Hong Kong et, comme il l'avait craint, provoqué l'annulation de son premier vol. Il rentrait donc avec une journée de retard.

Il ignorait toujours où était Mel. Ses enquêteurs n'avaient rien trouvé — et il n'était pas surpris. Autant chercher une aiguille dans une botte de foin. Il leur avait donné l'adresse du bar à sandwichs où elle travaillait dans l'espoir qu'ils pourraient, de là, remonter jusqu'à une personne qui savait où elle était. Mais ils avaient fait chou blanc.

D'un mouvement de tête, il refusa la flûte de champagne que lui proposait une hôtesse. La brunette lui jeta un regard appréciateur qu'il ignora. Une seule femme au monde l'intéressait, désormais.

Et si elle avait rencontré quelqu'un ?

C'était la crainte qui le taraudait, qui le faisait se réveiller en sueur au milieu de la nuit. Mais il ne devait pas y penser. L'essentiel, c'était de la retrouver et de lui dire ce qu'il avait sur le cœur, ce qu'il lui aurait dit aux Bermudes s'il n'avait pas été aussi stupide.

Lorsque Nikos sortit de l'aéroport à Heathrow, il s'engouffra dans la voiture qui l'attendait, saluant à peine le chauffeur. Il s'empressa de consulter son téléphone et de charger ses mails. Une bouffée de satisfaction l'envahit à la vue d'un en-tête qu'il attendait depuis longtemps : *Sujet localisé.*

Il donna un coup de poing en l'air et ouvrit le corps du mail, qu'il commença à lire.

Ce fut alors que le monde s'écroula autour de lui.

Mel quitta la boutique de Sarrie, sa valise à la main. Cette dernière lui paraissait plus lourde que d'habitude, mais peut-être sa faiblesse était-elle due aux premiers stades de la grossesse. Elle l'ignorait et préférait ne pas y songer. Tout ce qui comptait, maintenant, c'était de mettre un pied devant l'autre, au sens propre comme au sens figuré. Aller de l'avant, oublier le passé.

Son vol pour Malaga partait de Luton dans quelques heures, ce qui lui donnait le temps de passer à la clinique que lui avait conseillée l'organisation caritative. Elle avait la lettre de recommandation en main et la parcourut une nouvelle fois pour vérifier l'adresse.

Peu désireuse d'affronter les marches du métro avec son bagage, elle se dirigea vers l'arrêt de bus le plus proche. Sa vie allait changer du tout au tout mais elle n'avait pas peur. Sa décision était prise et il n'était plus question de faire machine arrière.

C'est mon bébé. C'est mon choix. C'est la seule solution.

Elle ravala la nausée désormais familière qui semblait l'accompagner partout où elle allait, et dont elle savait qu'elle n'était pas due à la grossesse. Ses semelles semblaient faites de plomb mais elle se força à avancer. L'arrêt de bus était là, de l'autre côté de la rue. Elle s'apprêtait à traverser lorsqu'une voiture noire s'arrêta devant elle dans un crissement de freins.

Un hoquet de stupeur lui échappa lorsqu'elle la reconnut. Dans la seconde qui suivit, Nikos en jaillit et se précipita vers elle.

Son sang ne fit qu'un tour. Un mélange d'effarement et de bonheur absolu la paralysa comme elle le regardait fondre sur elle, bouche bée. C'était bien Nikos, en chair et en os, pas le pâle fantasme qui hantait ses nuits. Elle ne savait pas comment il était arrivé là, ni ce qu'il lui voulait, mais une immense émotion lui serra la gorge.

Du moins jusqu'au moment où il lui agrippa les bras et déclara avec rage :

— Je ne te laisserai pas faire ça, tu m'entends ? Je me moque de ce que dit la loi, je ne le permettrai pas !

Mel vacilla, choquée par la fureur qui consumait son regard. Les mots étaient mitraillés et lui faisaient l'effet de s'abattre en grêle sur son visage. Elle le fixa en silence, déroutée.

Nikos, voyant qu'elle ne comprenait pas ce qu'il disait, sentit sa colère monter d'un cran — si du moins c'était possible.

— Comment as-tu pu te mettre une telle idée en tête ?

La lettre de l'organisation caritative glissa des doigts de Mel et tomba sur le trottoir. Elle voulut la ramasser mais Nikos fut plus rapide. Il la parcourut et pâlit.

— *Thee mou*... Tu y allais maintenant...

— Je... je ne voulais pas te le dire, murmura Mel, retrouvant enfin l'usage de sa voix.

Mais il était trop tard. La lettre venait de confirmer qu'elle était enceinte. Il ne servait à rien de mentir.

— Et tu espérais que je n'en saurais jamais rien ?

Une litanie en grec lui échappa — elle n'en comprit pas la signification, mais le ton était éloquent. Nikos était hors de lui et Mel songea qu'elle avait bien fait d'essayer de lui cacher sa grossesse.

— Ça me paraissait la meilleure solution, se força-t-elle à reprendre. Je ne voulais pas t'impliquer dans tout ça. Je pensais que ça ne t'intéresserait pas.

— Que ça ne *m'intéresserait pas* ?

Nikos la fixa comme si elle venait de tomber du ciel. Soudain, un doute horrible l'assaillit. Il la relâcha brusquement et fit un pas en arrière.

— Il est de moi ?

Ces trois mots firent à la jeune femme l'effet d'une gifle. Elle blêmit et l'entendit reprendre d'une voix qui paraissait lointaine :

— C'est une question raisonnable. Après tout, je n'ai pas eu trop de mal à te séduire, et rien ne me dit que quelqu'un n'est pas passé derrière moi…

— *Non !* se récria Mel, horrifiée. Non !

Au lieu de trahir du soulagement, le visage de Nikos se durcit.

— Tu reconnais donc qu'il est de moi. Tu le reconnais, et tu oses me regarder dans les yeux alors que tu t'apprêtais à commettre l'irréparable. Et tu ne m'en aurais rien dit.

— Je pensais que c'était pour le mieux, murmura la jeune femme, les yeux clos. Ça n'a pas été une décision facile.

De nouveau, il jura en grec, le visage entre les mains — puis il murmura :

— Tu n'as jamais voulu être enceinte, n'est-ce pas ? Au moins, je ne peux pas t'accuser de m'avoir piégé.

— Non, je ne voulais pas tomber enceinte. Et quand c'est arrivé, j'ai eu l'impression que… que…

— Ça sonnait le glas de ta liberté ? suggéra Nikos.

— Oui…

— Et tu t'es dit que tu allais la retrouver, poursuivit-il en lui tendant sa lettre. Et quel meilleur moyen pour ça que d'avorter ?

Il la vit pâlir si violemment qu'il faillit s'excuser de la confronter ainsi. Mais il se ressaisit : la femme qui se tenait devant elle avait voulu se débarrasser de leur enfant. S'il n'était pas arrivé à temps…

Une sueur froide perla sur son front. Il *était* arrivé à temps et c'était tout ce qui comptait.

— Nikos, non ! Ce n'est pas ce que tu crois ! Je…

Mais Nikos était bien trop en colère pour écouter ses pathétiques excuses, les raisons qu'elle s'était inventées pour justifier le crime qu'elle s'apprêtait à commettre.

— Inutile de te défendre. Nous savons tous deux ce que tu t'apprêtais à faire.

Mel se mit à trembler. Les accusations de Nikos la lacéraient, déchiraient son corps et son âme comme autant de lames invisibles. Elle poussa un cri et recula de quelques pas. Elle devait partir loin d'ici. Partir au plus vite. Traverser la rue et monter dans le premier bus qui se présenterait. Peu importait la destination tant que…

Aveuglée par l'émotion, Mel s'élança sans savoir où elle allait, sans regarder autour d'elle. Il y eut un crissement de freins, suivi du hurlement de pneus sur l'asphalte. Nikos assista à la scène en témoin impuissant, comme s'il regardait un film d'horreur. La voiture faucha Mel avant qu'il ait pu faire le moindre geste. Il vit son corps frêle rouler sur capot, puis retomber au beau milieu de la rue, inerte.

11.

Il fut à ses côtés en une fraction de seconde, cet espace ténu qui sépare la vie et la mort. Il s'entendit crier mais il avait l'impression qu'il s'agissait de quelqu'un d'autre, d'un autre homme qui hurlait et suppliait qu'on appelle les secours.

Il était là, agenouillé près d'elle, terrassé par l'angoisse.

Seigneur, faites qu'elle soit vivante. Je vous en supplie. C'est tout ce que je demande. Je suis prêt à tout supporter, mais pas qu'elle meure.

Il répéta sa supplique muette, encore et encore, jusqu'à l'arrivée de l'ambulance. Le cœur de Mel battait et il s'accrocha à cet espoir ténu. Mais elle ne revenait pas à elle et sa respiration était à peine perceptible.

C'est à cause de moi. Je suis responsable.

Les secours s'affairèrent autour de Mel et du chauffeur de la voiture, en état de choc. Ils mirent la jeune femme sur un brancard, puis appelèrent l'hôpital pour annoncer leur arrivée. Nikos monta avec eux dans l'ambulance, qui démarra toutes sirènes hurlantes.

— Elle va s'en tirer ? Dites-moi qu'elle va s'en tirer !

Les urgentistes, habitués à ce type de situations, ne

lui répondirent que par des platitudes. Ils ne pouvaient pas se prononcer sans examens complémentaires.

Le temps s'arrêta, puis se précipita. Tout devint flou. L'ambulance arriva enfin et une équipe de médecins sortit de l'hôpital en courant. Nikos les suivit tandis qu'ils emportaient Mel.

— Dites-moi comment elle va, bon sang ! Dites quelque chose !

L'un des médecins se tourna vers lui.

— Je vois des contusions, des lacérations, mais pas de signes de dommages internes à l'exception d'une côte cassée. Pas de traumatisme crânien, la colonne vertébrale ne semble pas touchée, mais seul un scanner complet pourra confirmer tout ça. Ah, elle revient à elle…

Nikos vacilla et murmura une prière en grec, machinalement. Mel venait d'ouvrir les yeux. Elle parut d'abord désorientée, puis paniqua en voyant le personnel médical qui se pressait autour d'elle.

— Mon bébé ! cria-t-elle. *Mon bébé !* S'il vous plaît, est-ce qu'il va bien ? Sauvez-le…

Le médecin posa aussitôt une main rassurante sur son bras.

— Il n'y a pas de signe d'hémorragie, répondit-il. Nous allons vous emmener en obstétrique dès que vous aurez passé votre scanner, d'accord ?

Mel le dévisagea d'un air incertain, puis fondit en larmes.

— Merci, merci…

L'équipe disparut derrière une porte battante. Cette fois, Nikos ne fut pas autorisé à les suivre. Une infirmière l'accompagna jusqu'à une salle d'attente vide, indifférente à ses suppliques, à ses menaces, à ses excuses.

Il s'effondra sur une chaise, la tête entre les mains.

Le temps s'écoula de nouveau avec une lenteur insupportable, et il se demandait s'il allait pouvoir supporter cette attente plus longtemps lorsqu'un médecin passa enfin la tête par la porte. Mel, annonça-t-il, avait été transférée en obstétrique. Le bébé et elle ne semblaient pas en danger.

De nouveau, Nikos remercia le ciel. Il bondit de son fauteuil et se rua vers le service obstétrique, qu'il atteignit après s'être égaré dix fois dans les couloirs tentaculaires de l'hôpital. Là, il lui fallut patienter dans une autre salle d'attente, qu'il arpenta de long en large en résistant à l'envie de démolir quelque chose.

Enfin, après une éternité, il fut autorisé à voir Mel. Elle se reposait dans une chambre individuelle et elle était réveillée. A l'exception d'une égratignure là où sa joue avait heurté le sol, elle semblait intacte. Mais elle était pâle, et le devint plus encore lorsque l'infirmière fit entrer Nikos dans la pièce.

Il se précipita vers elle pour lui prendre la main, tentant d'ignorer les images de l'accident qui repassaient au ralenti dans sa tête. Il avait failli la perdre et en avait la nausée du seul fait d'y penser.

Mais ce drame avait au moins quelque chose de positif : il lui avait fait comprendre à quel point elle tenait à son enfant. La façon dont elle avait supplié les médecins de sauver le bébé lui avait fait prendre conscience de son erreur. Jamais elle n'avait eu l'intention de s'en débarrasser ! Il l'avait suspectée à tort d'une décision qu'elle n'avait jamais eu l'intention de prendre !

— J'ai failli te perdre, murmura-t-il. J'ai failli te tuer… Je suis désolé, Mel. Tu ne peux pas savoir à quel point je m'en veux.

Mel, le regard encore embrumé, lui parla sans le regarder — laissant libre cours à sa pensée.

— Tu m'as accusée d'avoir voulu tuer mon bébé.

— Je sais. Je sais aussi que je me suis trompé. J'ai bien vu que tu étais terrifiée à l'idée de le perdre.

De sa main libre, la jeune femme couvrit son ventre. C'était un geste plein d'amour, protecteur. De nouveau, Nikos eut le cœur meurtri de culpabilité.

— Mel, je…

Mais elle l'interrompit aussitôt.

— Comment as-tu pu ? Comment as-tu pu me croire un seul instant capable de faire une chose pareille ?

Nikos soupira et, d'un geste nerveux, se passa la main dans les cheveux.

— Tu as dit toi-même que tu ne voulais pas être enceinte. Que ça sonnerait le glas de ta liberté. Et je me rappelle que tu as dit à Fiona Pellingham que tu ne voulais pas d'enfant tout de suite…

Mel fit la grimace — il avait raison.

— C'était ma première réaction, concéda-t-elle. Mais les choses sont bien plus complexes que ça.

Complexe… Un mot bien faible pour décrire le tourbillon d'émotions contraires qu'elle avait éprouvé lorsqu'elle avait vu la petite ligne bleue sur son test de grossesse. Des émotions qui n'avaient pas complètement disparu et l'agitaient encore jusque dans ce lit d'hôpital.

— Tu étais en chemin pour une clinique. Tu avais la lettre en main, fit valoir Nikos.

— Pour une simple consultation prénatale avant de m'envoler pour l'Espagne ! Mon médecin traitant n'avait pas de disponibilité immédiate, j'ai donc pris rendez-vous dans cette clinique qui m'a été conseillée. Comment as-tu pu t'imaginer que c'était pour avorter ?

— Parce que tu as consulté une organisation caritative connue pour offrir aux femmes enceintes ce genre d'option.

— Et comment le sais-tu ?

Nikos prit une profonde inspiration — rien ne se passait comme il l'avait espéré. Jamais il n'aurait cru que leurs retrouvailles auraient pour cadre une chambre d'hôpital. Jamais il n'aurait pensé lire de tels reproches dans le regard de Mel. Et le fait était qu'il les méritait.

— Je... j'essayais de te retrouver. J'ai chargé une agence spécialisée de te localiser. Ils ont fini par remonter ta piste et l'un de leurs investigateurs t'a vue sortir des bureaux de cette organisation. J'ai eu leur rapport ce matin, en atterrissant à Heathrow...

Il s'interrompit, respirant aussi lourdement que s'il venait de courir. Puis il répéta d'une voix rauque :

— J'essayais de te retrouver.

C'était la seule chose qu'il pouvait lui dire, la plus importante. Rien d'autre ne comptait.

— Tu essayais de me retrouver ? répéta-t-elle avec incrédulité.

— Oui ! Mel... Mel, je...

Mais de nouveau elle l'interrompit.

— J'aurais préféré que tu n'en fasses rien, murmura-t-elle, le visage défait. J'aurais préféré que tu ne saches rien.

— Pourquoi ?

— Je... je n'ai jamais voulu te mêler à ça. Je suis désolée.

Nikos la dévisagea, incrédule.

— Comment ça, tu ne voulais pas m'y mêler ? C'est de notre enfant qu'il s'agit. De notre bébé !

Comment pouvait-elle parler ainsi ? Puis il se rappela ce qu'elle venait de dire, le fait qu'elle avait failli embarquer sur un vol à destination de l'Espagne. Si l'agence ne l'avait pas retrouvée, s'il n'avait pas foncé chez Sarrie sitôt qu'il avait pu, elle se serait évanouie de nouveau dans le vaste monde.

Je n'aurais jamais rien su. Je n'aurais jamais su qu'elle portait mon enfant — notre enfant !

A cette idée, une bouffée de panique lui étreignit la gorge.

— Tu n'as pas à te sentir obligé, Nikos. C'est pour ça que je suis allée voir cette organisation caritative… La conseillère m'a rappelé les difficultés d'élever un enfant seule, et j'ai pris la décision de ne rien te dire malgré ça.

— *Thee mou…* Mais pourquoi ? *Pourquoi* ? répéta-t-il, presque désespéré.

Mel ne répondit pas — elle en était incapable. Elle se contenta de caresser son ventre, par besoin de s'assurer que son bébé allait bien. Un bébé qu'elle élèverait seule, parce que le contraire était tout simplement… impossible.

Nikos l'étudiait avec attention, et la lumière se fit soudain dans son esprit. La réponse à sa question était évidente. Si elle n'avait pas voulu l'impliquer dans l'éducation de leur enfant, c'était pour éviter qu'il ne revienne dans sa vie. Elle ne voulait pas de lui, chose qu'elle lui avait clairement fait comprendre en refusant de l'accompagner à Athènes.

Un goût de cendres lui emplit la bouche.

Elle veut être libre, et je ne peux pas en lui en vouloir. Elle a attendu ce moment trop longtemps.

Non, il n'avait pas le droit de lui refuser une liberté qu'elle avait méritée, pas même au nom de l'enfant qui grandissait dans son ventre.

D'une main mal assurée, il tira une chaise et s'y installa. Puis il prit une profonde inspiration, cherchant les mots justes maintenant qu'il avait compris ce qu'elle essayait de lui dire, et pourquoi elle avait essayé de lui cacher sa grossesse.

— Je t'aiderai, quoi qu'il arrive, Mel. Tu n'auras jamais à t'inquiéter pour l'argent. Je veillerai à ce que tu ne manques de rien. Tu peux donc vivre où tu en as envie, tant que c'est dans un environnement propice à l'éducation d'un enfant, bien entendu.

Chaque parole de Nikos donnait l'impression à Mel de recevoir une flèche en plein cœur. Elle l'écouta, la mâchoire serrée, la main toujours posée sur son ventre. Elle avait eu raison de ne rien attendre de lui. Au moins, comme ça, elle n'était pas déçue. Oh, bien sûr, il lui offrait un soutien financier. Mais son argent, elle s'en moquait. Elle ne s'y était jamais intéressée.

— Je sais à quel point ta liberté est importante à tes yeux, poursuivit-il pendant ce temps. Je ne ferai rien pour l'entraver. Je ne te demanderai rien de déraisonnable, tant que tu me laisses… que tu me laisses…

Il s'interrompit, incapable de continuer.

Tant que tu me laisses voir mon bébé, mon enfant. Tant que tu me laisses te voir, de temps en temps. Je m'en contenterai…

Il se racla la gorge et, au prix d'un effort surhumain, reprit d'un ton parfaitement neutre :

— Tout ce que je te demande, c'est de ne plus disparaître sans crier gare. J'ai des responsabilités, Mel. Envers toi, envers le bébé.

Le mot sonna le glas des espoirs de Mel. Des *responsabilités*. Oui, c'était tout ce qu'elle serait jamais, à ses yeux. Une simple *responsabilité*.

— Je… je ne veux pas devenir un poids, Nikos. Je peux très bien me débrouiller seule, même financièrement. La maison de mon grand-père me garantit un revenu, et une fois en Espagne je trouverai du travail. La vie n'est pas très chère, là-bas. Et je peux prétendre à des aides, la conseillère de l'association m'a tout expliqué.

— Mel, c'est de notre enfant que nous parlons. Tu ne seras jamais un poids pour moi. Et il va sans dire que je m'occuperai de tout.

Mel secoua farouchement la tête et grimaça lorsqu'un début de migraine lui enserra les tempes. Elle se força à l'ignorer.

— J'aurais vraiment préféré que tu ne saches rien. Rien du tout. Je sais à quel point tu as souffert de la relation de tes parents. Je comprends parfaitement pourquoi tu ne veux pas courir le même risque et je comprends que tu n'aies aucune envie de reproduire le même schéma de couple, de mariage, de famille… Crois-moi, je ne voulais pas te piéger. Je ne voulais pas que tu te sentes obligé de devenir père. Voilà pourquoi je ne t'ai rien dit. Si tu n'avais rien su, nous aurions tous les deux été libres.

La voix de Mel était angoissée, à peine plus audible qu'un murmure. Le silence tomba entre eux, interminable, pesant.

— Libres ? répéta-t-il.

Le mot résonna d'une manière étrange. Ce mot n'avait aucun sens ! Abruptement, Nikos repoussa sa chaise et se mit à arpenter la chambre, poings et mâchoires crispés.

— Tu aurais été libre de découvrir le monde après avoir passé des années à t'occuper de ton grand-père, reprit-il, la voix brisée. Et j'aurais évité de me retrouver prisonnier d'une relation comme celle de mes parents. C'est ça ? C'est ta logique ?

Une expression étrange brillait dans ses yeux quand il se retourna, et Mel le fixa en fronçant les sourcils. Elle ne comprenait pas où il voulait en venir. Sans attendre sa réponse, il enchaîna :

— Toute ma vie, j'ai fui. Oui, j'avais peur de finir comme mes parents : misérable, aigri, malheureux.

Il s'interrompit, respirant lourdement, avant de continuer.

— Je me suis juré de ne jamais répéter leurs erreurs. Je me suis juré de ne jamais m'engager dans une relation de longue durée qui ne pouvait mener qu'au désastre que j'essayais d'éviter. Ma vie a été une succession d'aventures sans lendemain. Et c'était aussi ce que tu voulais, quand je t'ai rencontrée. D'une certaine façon, nous essayions tous les deux de protéger ce que nous avions de plus précieux : notre liberté.

Il se tut, fourra ses mains dans ses poches et dévisagea intensément Mel. Puis, tout d'un coup, son expression et sa posture changèrent. Elle eut l'impression de le voir grandir et s'épanouir à vue d'œil.

— Mais aujourd'hui je veux une autre forme de liberté, déclara-t-il. Je veux être libre de l'influence de mes parents. Libre de cette peur qui m'a toujours paralysé. Libre de te dire ce que j'aurais dû te dire plus tôt.

De nouveau, il s'arrêta et inspira profondément, comme un homme qui s'apprêtait à sauter dans le vide. Le silence s'étira, presque étouffant. Mel voulut lui répondre mais sa gorge était si nouée, sa poitrine si oppressée qu'elle en fut incapable.

— Me… me dire quoi ? parvint-elle enfin à articuler.

— Que je ne veux pas vivre sans toi. Quand j'ai vu cette voiture te percuter… J'ai cru t'avoir perdue à tout jamais.

Bouleversée et stupéfaite, Mel le regarda sans prononcer une parole. Il hésita un instant, avant de continuer.

— J'espère contre tout espoir que… que, malgré tout ce que tu as dit, tu me feras une place dans ton existence. Aussi petite soit-elle, je m'en contenterai. Mais au fond, mon rêve, c'est de faire ma vie avec toi.

Voilà, les mots avaient été prononcés, son cœur était à nu. Si elle le rejetait, si elle le regardait avec pitié après cette confession, il le supporterait dignement. Il avait dit ce qu'il avait à dire, et c'était une victoire. Au moins, il ne vivrait pas avec des regrets.

— Je veux être libre de t'aimer, Mel, conclut-il d'une voix rauque. Libre de prendre soin de toi et de notre enfant jusqu'à la fin de mes jours.

Ces mots semblèrent ramener le calme dans la pièce. Nikos inspira profondément. Le monde entier semblait désormais concentré dans cette chambre d'hôpital, suspendu aux lèvres de la femme qu'il aimait. Il attendit qu'elle parle mais elle continua de le dévisager, muette et blanche comme un linge.

Puis des larmes apparurent dans ses yeux et débordèrent sur ses joues. En un instant, il s'agenouilla près d'elle pour prendre ses mains dans les siennes.

— Mel ! Ne pleure pas, ma chérie. Je n'aurais pas dû venir t'ennuyer avec tout ça.

Mais ses sanglots s'accentuèrent, et il l'attira pour la serrer contre lui. Elle pleura sur son épaule, mouillant sa chemise d'un flot de larmes que rien ne semblait pouvoir arrêter. Après un long moment, il l'entendit murmurer quelque chose d'une voix étouffée.

Avec d'infinies précautions, il la redéposa sur son lit. Mais elle ne le relâcha pas.

— Moi aussi, Nikos, je veux la liberté de t'aimer, hoqueta-t-elle. La liberté de te dire que je t'aime. Tu m'as manqué, en Amérique. Où que j'aille, tu me manquais… J'aurais voulu voir le Grand Canyon avec toi, découvrir New York à tes côtés. Mais tu n'étais pas là, et c'était ma faute. Si j'ai fait ce choix, c'est que… c'est que…

Un sanglot l'interrompit, suivi de nouvelles larmes. Nikos lui embrassa la main et lui caressa doucement les cheveux, attendant le cœur battant qu'elle retrouve son souffle.

— C'est parce que j'avais peur de ne plus pouvoir te quitter…, avoua-t-elle enfin.

Mel poussa un long soupir, puis s'essuya les yeux.

— Quand j'ai découvert que j'étais enceinte, j'ai paniqué. Je m'étais occupée de quelqu'un pendant trois ans et voilà qu'il me fallait recommencer. Mais ça n'a duré que quelques minutes. Tout d'un coup, je me suis sentie envahie d'une joie immense à l'idée d'avoir un bébé… un bébé de toi. Mais je ne voulais pas t'enchaîner. Et puis partir sans rien te dire me permettait de t'aimer à ma façon, sans avoir à lire de la condamnation ou de la haine dans ton regard.

— Comment pourrais-je te condamner ? Te haïr ? Je t'aime plus que tout au monde !

— Mais… tu es sûr ? Tu as parlé de… de responsabilités, fit valoir Mel ne reniflant.

— Parce que j'avais peur de t'effrayer ! Je ne voulais pas te forcer la main ou te mettre la pression en t'avouant ce que je ressentais pour toi. Je redoutais de t'effrayer en te disant que je voulais t'épouser et regarder grandir notre enfant.

Cette fois, le visage de Mel s'illumina. Entre deux sanglots, elle se mit à rire.

— Quels idiots nous sommes… Nous avons tourné le dos à ce que nous désirions le plus au monde.

Nikos aurait voulu répondre, mais l'émotion l'en empêcha. Il serra la jeune femme dans ses bras avec un soupir d'aise.

— Ce sont des larmes de joie ou de tristesse ? demanda l'infirmière qui entra au même moment.

— De joie, répondirent-ils de concert.

L'infirmière baissa les yeux sur leurs mains entrelacées, puis acquiesça.

— Bon. Mais pas d'émotions fortes, ce n'est pas bon pour le bébé.

Elle prit la fiche de Mel pour l'étudier, la parcourut et annonça :

— Nous vous gardons en observation pour la nuit.

Puis elle se tourna vers Nikos.

— Je suis désolée, mais nous sommes en dehors des heures de visite. Revenez après 6 heures. Mais, comme je ne suis pas cruelle, je vous accorde cinq minutes de plus avec votre…

— Future femme, répondit Nikos, souriant à Mel.

— Future femme, répéta l'infirmière. Cinq minutes, pas une de plus !

Nikos attendit son départ et se tourna vers Mel, le cœur léger comme une plume.

— Cinq minutes, c'est trop court, soupira-t-il.

— Ne t'en fais pas, nous avons la vie entière devant nous, répondit la jeune femme en riant.

— C'est vrai, répondit Nikos, posant sur elle un regard brûlant. Mais je ne suis pas sûr d'avoir assez d'une vie pour te prouver à quel point je t'aime…

Epilogue

La cérémonie de baptême, dans la nouvelle villa de Nikos et de Mel en dehors d'Athènes, fut un véritable succès. Les invités se pressaient pour faire connaissance avec la septième merveille du monde, Nikos Stephanopoulos Albert — Nicky, pour ses parents. L'enfant était endormi sur les genoux de sa mère, resplendissant dans sa robe de baptême immaculée.

— Il est magnifique, s'exclama Stephanos Parakis avec affection.

— Il vous ressemble, ajouta sa femme — sa *nouvelle* femme.

Nikos s'arracha un instant à la contemplation béate de son fils pour étudier sa belle-mère. Adela Parakis était une femme d'une quarantaine d'années, intelligente et posée, bien différente des maîtresses habituelles de son père. Elle avait été le catalyseur qui avait enfin provoqué le divorce de ses parents.

L'un des catalyseurs, corrigea-t-il en tournant le regard vers l'Italien élégant, aux cheveux grisonnants, qui se tenait près de sa mère. Cette dernière était tombée amoureuse de lui lors de son séjour à Milan et était désormais la principessa Falesi. Elle avait perdu du poids et il était facile de reconnaître, en la regardant, la beauté qui avait fait sa réputation. Même si Nikos soupçonnait qu'un chirurgien esthétique était passé par là, il appréciait son bonheur retrouvé. Il était heureux pour elle — heureux pour ses parents. C'était la première fois que les deux se trouvaient dans la même pièce sans se disputer.

— Il a mes yeux, observa la principessa avec un brin de complaisance.

Mel, qui s'était fait d'elle une amie, décida de ne pas la contrarier et acquiesça. Nul besoin de lui préciser que tous les bébés avaient les yeux bleus. Quant à Nikos, il se retint de rétorquer que son fils avait les yeux de Mel, les plus beaux yeux du monde.

— Il faut absolument que vous nous rendiez visite à Milan, renchérit sa mère en prenant le bras de son nouveau mari. Nous serons ravis de vous recevoir.

— Nous n'y manquerons pas, répondit Nikos. Vous partez déjà ?

— Hélas, il le faut. Nous reprenons l'avion ce soir.

Déjà, les invités commençaient à se disperser. Peu après le départ de sa mère, le père de Nikos et Adela partirent à leur tour, non sans les avoir eux aussi invités à venir leur rendre visite. Nikos les raccompagna jusqu'à leur voiture et trouva Mel dans l'entrée quand il retourna dans la maison. Elle souriait à leur fils, qui s'était réveillé entre-temps.

— Il faut que je le change. Tu me donnes un coup de main ?

— Je ne manquerais ça pour rien au monde. Euh, par changer, tu entends lui remettre des vêtements normaux, ou tu parles de sa couche ?

— Les deux. Mais pour te récompenser de ta bravoure, une fois qu'il aura dîné, nous pourrions le laisser à sa nounou et sortir manger un morceau.

— Excellente idée. Il est grand temps que je t'aie

un peu à moi tout seul. Au fait, ajouta Nikos tandis qu'ils montaient l'escalier menant au premier étage, nous sommes invités à un mariage.

— Lequel ?

— Tu ne vas pas le croire. Fiona Pellingham et... Sven ?

— Magnus, corrigea Mel en riant. C'est formidable. Je suis vraiment contente pour eux.

— D'autant que c'est grâce à tes talents d'entremetteuse.

— Nous lui devons, nous aussi, une fière chandelle. Sans Fiona, rien de tout ça ne serait arrivé.

— Oh ! j'aurais trouvé une autre raison de te revoir, ne t'inquiète pas. Je ne pouvais pas m'empêcher de penser à toi.

— C'était réciproque.

— Le coup de foudre, en somme.

Mel se mit à rire, se remémorant les circonstances de leur première rencontre.

— En parlant de la boutique de sandwichs, j'ai entendu dire que les franchises de Sarrie avaient beaucoup de succès. C'est grâce au prêt que tu as accordé à Sarrie. Il t'en est très reconnaissant.

— Je t'avais dit que je financerais son expansion si le succès était au rendez-vous.

— Quelqu'un d'autre t'est reconnaissant : ce bon vieux Joe. Son traitement anti-addiction fait des merveilles.

— Je lui devais bien ça. Quand je lui ai donné toute la monnaie que tu m'avais rendue, j'ai compris que je m'étais comporté en véritable goujat, et je t'ai fait envoyer des fleurs. C'est aussi un peu grâce à lui que nous sommes ensemble.

Mel déposa leur fils sur sa table à langer en riant, puis se retourna vers son mari.

— Si tu veux te faire pardonner de t'être conduit en goujat, tu peux changer ton fils.

— Je ne pourrais pas me contenter de te tendre une couche propre, par hasard ? demanda Nikos, une lueur amusée dans le regard.

Mel croisa les bras et tenta de conserver son sérieux.

— Non.

Avec un soupir résigné, son mari l'embrassa.

— Très bien. Si c'est le prix à payer pour un mariage heureux...

Mel se dressa sur la pointe des pieds pour prolonger leur baiser et ajouta :

— *Un* mariage heureux ? Le mariage le plus heureux du monde, tu veux dire ?

— Tu as raison, comme toujours.

Puis Nikos redressa les épaules et entreprit d'aider sa femme. Sous leurs attentions communes, l'enfant qu'ils avaient conçu gazouilla, étudiant avec ébahissement ces deux géants qui débordaient d'amour l'un pour l'autre, et qui l'aimaient plus encore.

Retrouvez en juillet,
dans votre collection

Azur

Un époux en héritage, de Lynne Graham - N°3725

Lizzie ne possède qu'une chose : l'île de Lionos, un lieu paradisiaque qu'un testament absurde lui interdit de vendre. Pour le reste, elle vit dans la plus parfaite indigence malgré un travail acharné, et l'injustice de cette situation la révolte. Pourtant, quand un certain Cesare Sabatino lui propose une fortune pour l'épouser et ainsi accéder à l'île, elle hésite. Elle n'est pas le genre de femme à accepter un mariage arrangé et, sans les études de sa sœur qu'elle doit financer, elle aurait crânement refusé. Mais, face à l'urgence de la situation, et hypnotisée malgré elle par le regard doré de Cesare, Lizzie n'a d'autre choix que de se soumettre à cet étrange arrangement…

Un dangereux fiancé, de Carol Marinelli - N°3726

Sophie Durante ne peut s'en prendre qu'à elle-même : personne ne l'a forcée à mentir à son père pendant des années en lui faisant croire qu'elle était en couple avec Luka Cavaliere, l'unique prétendant qu'il estimait digne d'elle ! Pourtant, la vérité est tout autre. Entre Luka et elle, il n'y a que de la rancœur et de la méfiance. Mais alors que son père est mourant, elle sait qu'elle n'a désormais plus le choix : si elle veut lui apporter une dernière joie en lui permettant d'assister à ces fiançailles qu'il attend depuis toujours, elle devra convaincre Luka de jouer le jeu. Et tant pis si cela signifie se jeter de son plein gré dans les bras de cet homme aussi arrogant que séduisant…

Sombres désirs, d'Abby Green - N°3727

Retrouver son royaume devrait être l'unique préoccupation d'un souverain en exil. Mais, depuis que le roi Alix de Saint-Croix est entré dans la parfumerie de Leila Verughese, il a la sensation de ne plus pouvoir penser qu'à elle. Elle lui fait l'effet d'un parfum capiteux, entêtant… mais terriblement évanescent. Car, dès qu'il essaie de l'approcher, Leila esquive et se dérobe. Ce serait bien la première fois qu'une femme lui résisterait ! Désormais, Alix n'a plus le choix : il va tout mettre en œuvre pour attirer Leila à lui, faute de quoi cette obsession pourrait bien lui coûter son retour sur le trône…

Un voluptueux contrat, d'Avril Tremayne - N°3728

Aurait-elle… peur ? Kate n'est pourtant pas une femme craintive, et se définirait plutôt comme une forte tête, autant dans sa vie privée que dans son métier d'avocate. Mais face aux assauts du séduisant Scott Knight – et au désir fou qu'il éveille en elle –, elle se sent terrifiée… Pour reprendre le dessus, rien de mieux que les réflexes professionnels : Kate accepte qu'il devienne son amant, à condition que leur relation soit encadrée par un contrat. Pas de tendresse, seulement des sensations fortes, pour une durée déterminée. Il ne lui reste plus qu'à espérer que cet artifice suffise à protéger son cœur contre le troublant play-boy…

Pour un instant de passion, de Cathy Williams - N°3729

Susie a partagé avec Sergio Burzi d'intenses moments de plaisir. Pourtant, elle le sait, leur relation – si délicieuse soit-elle – ne survivra pas à la nouvelle qu'elle s'apprête à lui annoncer : elle attend un enfant ! Car il n'a jamais été question d'un tel engagement entre eux… Contre toute attente, la réaction de Sergio est cependant bien pire que la fuite : il se résout à l'épouser, par devoir. Si Susie admire sa droiture et sa loyauté, elle est surtout dévastée par sa froideur, annonciatrice d'années de mariage où elle donnera tout son amour, en vain, à un sublime et dédaigneux époux…

Le devoir du sultan, de Caitlin Crews - N°3730

Belle, blonde… et américaine. La séduisante Cléo Churchill ferait l'épouse idéale pour le sultan Khaled ben Aziz. Qui, mieux qu'elle, pourrait donner une bonne image de son sultanat aux investisseurs étrangers et à la communauté internationale ? D'autant que la jeune femme ne sera pas difficile à convaincre : Khaled voit bien qu'elle est immédiatement tombée sous son charme ! Hélas, pour que le conte de fées soit convaincant, il ne peut lui en dévoiler les arcanes, et doit lui faire croire à un mariage d'amour… jusqu'au moment où chacun sera accaparé par ses devoirs royaux et où ils s'éloigneront progressivement. Mais Khaled, s'il a admis son désir dévorant pour Cléo, ne s'attendait pas à redouter plus que tout cette séparation…

Unis dans la vengeance, de Tara Pammi - N°3731

SÉRIE : LES MARIÉS DE L'ÉTÉ - 3E VOLET

Stefan Bianco n'est ni bon ni clément. Et en apprenant que son pire ennemi est le petit ami infidèle de la brillante et flamboyante Clio Norwood, auprès de laquelle il a passé ses années d'université, sa rage devient incontrôlable. Il pourrait le tuer de ses propres mains ! Dieu merci, Clio propose une solution plus pacifique : faire croire que Stefan et elle se sont fiancés, étaler leur prétendu bonheur dans la presse et humilier le traître. Une idée fabuleuse, même si elle contraint Stefan à côtoyer jour et nuit la seule femme qui lui a jamais résisté… et qu'il n'a jamais pu oublier…

Indomptable convoitise, de Sara Craven - N°3732

SÉRIE : L'AMOUR EN SEPT PÉCHÉS - 7E VOLET

Zac Belisandro a immédiatement vu clair dans le jeu de Dana Grantham : la jeune femme est obsédée par le domaine de Mannion, où elle a grandi, et serait prête à toutes les bassesses pour qu'il lui revienne. Y compris à séduire le propriétaire du domaine, un très bon ami de Zac... Est-ce à cause du mépris que lui inspire la sournoiserie de Dana, ou parce que le sentiment qui lui déchire le cœur lorsqu'il la voit minauder auprès d'un autre est insoutenable ? Quoi qu'il en soit, Zac ne la laissera pas obtenir gain de cause, il se l'est promis. L'avide jeune femme repartira bredouille, même si Zac doit pour cela la prendre à son propre piège, en la séduisant à son tour...

Un pacte avec l'ennemi, de Kate Hewitt - N°3733

SÉRIE : LE SECRET DES HARRINGTON - 4E VOLET

Olivia Harrington a commis une énorme erreur en annonçant à la presse sa liaison avec Ben Chatsfield. Ce mensonge insensé ne lui est venu à l'esprit que parce qu'elle se sentait acculée, sans voix face aux photos prétendument compromettantes que la journaliste lui présentait, et effrayée par les conséquences que celles-ci pourraient avoir sur sa carrière d'actrice débutante. D'ailleurs, elle ne sait toujours pas si c'est son sens inné des relations publiques ou son attirance irrépressible pour Ben qui lui a soufflé cette folle affabulation. Mais peu importe. Car, à présent, elle va devoir affronter Ben, et obtenir de lui qu'il joue le jeu jusqu'à ce qu'elle signe un important contrat...

Le secret d'Annabelle, de Jennie Lucas - N°3734

SÉRIE : SCANDALEUX HÉRITIERS - 7E VOLET

Au cours d'un reportage photo sur les élevages de chevaux en Espagne, Annabelle fait la connaissance de Stefano Cortez, le propriétaire de la splendide hacienda de Santo Castillo. Entre eux, la rencontre est explosive. Et le désir, immédiat. Au point qu'Annabelle, paniquée, se demande un instant s'il ne vaudrait pas mieux qu'elle quitte les lieux sur-le-champ. Avant de se ressaisir : d'abord pour son travail, qu'elle aime tant, ensuite parce qu'elle parvient à se persuader qu'elle saura résister à la redoutable séduction du bel Espagnol. Jamais elle ne le laissera s'approcher d'elle, ni découvrir le secret de son passé...

COUP DE CŒUR

HARLEQUIN

Vous n'avez pas le temps de lire tous les romans Harlequin ce mois-ci ?

Découvrez les 4 meilleurs avec notre sélection :

COUP DE CŒUR

HARLEQUIN

www.harlequin.fr

Composé et édité par HARLEQUIN

Achevé d'imprimer en mai 2016

CPI
BLACK PRINT

Barcelone

Dépôt légal : juin 2016

Pour l'éditeur, le principe est d'utiliser des papiers composés de fibres naturelles, renouvelables, recyclables, et fabriquées à partir de bois issus de forêts gérées selon un système d'aménagement durable. En outre, l'éditeur attend de ses fournisseurs de papier qu'ils s'inscrivent dans une démarche de certification environnementale reconnue.

Imprimé en Espagne